야마오 산세이 山尾三省

KB177173

1938년 도쿄에서 태어났다. 와세다 대학에서 서양철학을 공부하다 중퇴했다. 1960년대 후반, '부조쿠部族'라는 이름으로 자연 속에서 공동체 생활을 시작했다. 1973년에는 가족과 함께 순례 여행을 떠나 인도와 네팔을 다녀왔다. 그 뒤로 부조쿠 공동체의 동료와 함께 일본에서는 처음으로 유기농 채소 가게를 열었다. 또한 경제성장에 반대하는 삶을 소개하는 대항문화 잡지〈부드러운 혁명 시리즈〉의 편집을 맡아 일을 하고, 도쿄 시내의 작은 건물에서 '호빗토 빌딩 공동체'를 꾸렸다.

그리고 1977년에 식구들과 함께 규슈 남쪽 야쿠섬으로 삶터를 옮겼다. 오래되고 버려진 마을에서 그는 다시 마을을 살리는 데에 힘을 쏟고, 농사를 짓고, 집을 돌보고, 사람들과 어울렸다. 밤이면 섬에서 살아가는 이야기와 나날이 겨운 생각들을 시와 산문으로 써서 잡지에 싣고, 책을 펴냈다. 2001년 돌아갔다.

시집과 산문집이 모두 서른 권이 넘는데, 그동안 한국에서는 산문집《어제를 향해 걷다》,《여기에 사는 즐거움》,《더 바랄 게 없는 삶》,《애니미즘이라는 희망》이 나왔다. 더불어 이 책《나는 숲으로 물러난다》가 출간되면서 야마오 산세이의 시 세계가 처음으로 우리 독자들 앞에 모습을 드러내게 되었다.

나는 숲으로 물러난다

이 시선집은 야마오 산세이가 발표한 시들 가운데, 따로 판매하지 않고 가까운 이들과 나눈 사가판 《약속의 창約束の窓》에 실린 것을 빼고는 모두 살핀 다음, 한국 독자들과 나누고 싶은 91편을 옮긴 이가 가려 뽑은 것입니다.

GOGATSU NO KAZE—YAMAO SANSEI NO SHI NO KOTOBA /

SHINPAN BIROBABOSHI NO SHITA DE /

SEIROJIN /

EIGO(AMITAYUS) SANKA MORI NO IE KARA /

NAMUFUKASHIGIKOBUTSU EIGO NO DANPEN TOSHITE NO WATASHI

© Sansei YAMAO

Korean translation rights arranged with SHINSEN SHA

through Japan UNI Agency, Inc., Tokyo and Imprima Korea Agency, Seoul

나는 숲으로 물러난다

야마오 산세이 시

최성현 가려 뽑고 옮김

상추쌈

《나는 숲으로 물러난다》에 부쳐

아침에 일어났을 때는 흐려 있던 하늘에서 조용히 비가 내리기 시작했습니다. 창밖에는 생전의 산세이가 심고 기른 구아버 나무가 반쯤 야생화해서 가지를 이리저리 뻗고 있는 것이 보입니다. 어제, 그 나무에 딱 한 송이만 피어 있던 작고 흰 꽃이 오늘은 열 송이 넘게 피어 있습니다. 수많은 수술을 매단 구아버 꽃은 예쁘고 사랑스러워서, 그 꽃들이 비를 맞고 있는 것을 보고 있으면 마음이 고요해지며, 비도 참 좋은 것이라는 생각이 듭니다. 오늘 아침은 구아버의 작은 꽃과 조용히 내리는 비와 제가 하나가 되어 행복했는데, "쿄로로로로—" 하고 우는 호반새의 맑은 울음소리까지 들려와서, 마치 산세이의 시와 같은 아침이었습니다.

산세이는 자신의 시집 《삼광조》에서

무언가에 감동하거나 마음을 빼앗겨서 소위 나라고 하는
자아가 사라졌을 때 본래의 내가 나타난다.

라고 말하고,

내가 이 책에 올린 시는 나라고 하는 자아, 혹은 개성이 그 경계를 잃고, 세계와 하나가 됐을 때 찾아오는 조용한 기쁨을 기록한 것입니다.

라고도 말하고 있습니다.

'시를 다시 한 번 모든 이에게 돌려주고 싶다.'고 바랐던 산세이의 시는 어렵지 않습니다. 읽어 보시고 한 편이라도 마음에 울림을 주는 시를 만나신다면 그보다 큰 기쁨이 없겠습니다.

'앞으로 앞으로'라며 무턱대고 내달리는 걸 좋다고 여기는 현대에서 '물러난다'고 하는 것은 큰 용기가 필요한 일처럼 보입니다. 하지만 물러나 보면, 더군다나 물러난 곳이 숲이라면, 새로운 세계가 펼쳐지고, 새로운 희망이 보이기 시작합니다.

이 책에 매우 좋은 이름을 붙여 주셨습니다. 야마오 산세이의 시를 한국 분들이 읽어 주시면 매우 고맙겠다고 생각하고 있습니다. 상추쌈출판사의 출판을 향한 열의와 지극 정성을 다한 편집 작업은 큰 감동이었습니다. 마음으로부터 감사를 드립니다.

2022년 6월 11일, 비의 계절에
야마오 하루미山尾春美 (야마오 산세이의 아내)

차례

2부 감자밭에서

3부 기도

4부 식빵의 노래

5부 나는 누구인가

1부

성스러운 노인

동지

동짓날이 되면
우리는 사실 태양에 기대어
태양 덕분에 사는 존재란 걸 알게 된다

이제 더는 어둡지 않다
앞으로는 더 밝아질 뿐이다
태양이 있으면
우리는 그 아래서 모두 산다거나 죽는다거나 할 수 있
다
이제 더는 어둡지 않다
앞으로는 더 밝아질 뿐이다

모밀잣밤나무 한 그루에게 나는 말을 건다
모밀잣밤나무여
그대들과 우리들의 오늘은 진짜 좋은 날이다
더는 어두워지지 않는 우리 모두에게
진짜로 좋은 날이다

동짓날이 되면 해마다
지금이 가장 밑바닥이고 밑바닥까지 왔으니
이제 괜찮을 거란 걸 알게 된다

해 질 무렵 1

덥고 맑았던 하루가 저물어 갈 때
산양에게 물을 먹인다
작은 양동이 하나에 담긴 물을
이 동물은 참으로 조용하게 빨아들이듯이 다 마신다
눈 한 번 깜박이지 않고
물의 정수 그 자체를 빨아들인다
그처럼 조용하게
기품 있게 물을 마시는 사람을
나는 이제까지 만난 적이 없다
때때로 물을 마실 때
그 생각이 떠올라 흉내를 내 보지만
그 무심한 데까지는 도저히 이를 수 없다
해 질 무렵
산양에게 물을 주고 보고 있으면
세계는 잠잠해지고 대지는 깊어진다
그때까지는 들리지 않던 벌레들의 울음소리가 들려오
기 시작하고
해 질 무렵의 내가 드러난다

그리고
초승달이 떠올라 온다

초승달

자주 물고기를 가져다주는 이웃집 어부에게
해거름 무렵에
때로는 이쪽에서 표고버섯을 주러 간다
"원숭이가 먹고 남긴 표고버섯입니다만"

사실
원숭이들은 표고버섯을 대단히 좋아하여
다 자라 먹을 때가 되면
한발 빨리 와서 먹는다
그래도 작은 소쿠리 하나 정도는 먹고 남기는 것을 딸
수 있어
그것을 우리가 먹는다

호화로운 것은 하나도 없다
지적인 것도 하나 없다
그래도 물고기는 오고
원숭이도 조금은 우리 몫을 남겨 준다

돌아오는 길에 산을 우러러보니
거기에는 벌써 초승달이 곱게 떠 있었다

태풍

19 · 20 · 21호
삼 주 동안 태풍 세 개가
이어 덮쳐 와
우리 섬사람들은 정말로 진절머리를 내고 있다

그렇지만
이것 또한 천지자연의 일

수도가 망가져서
낙숫물로 세수를 하고
빗물을 받아 그릇을 씻고
물을 끓여 차를 마신다

전기가 끊어지면
촛불을 켜고 옛날이 그리워 손으로 여우 그림자를 만
든다
칠흑 같은 어둠 속에서
지붕이 날아가지는 않을까 강물이 넘치지나 않을까

원초적인 생명의 공포가 덮쳐든다

사람의 연약함과 대자연의 크기를
몸에 사무치게 느끼게 하는 태풍에는
맡기는 수밖에 없다
맡기고
살거나 죽거나 할 수밖에 없다

산에 살다 보면

산에 사니 때로
아름답거나 신비한 일과 만난다

예를 들면
서산으로 초사흘 달이 진다
이윽고 해가 저물며
하늘가가 짙은 남색으로 깊어지고

무수한 별들이 눈을 깜박이기 시작할 무렵이면
곱게
서산에 초사흘 달이 떠서
보고 있는 사이에

바삐 기운다
지는 소리가 들릴 정도다
왜냐하면
달이 다 지고
산 위로 잠깐 남아 있던 빛도 사라지면

주위가 갑자기 조용해지며
그때까지는 들리지 않던 골짜기의 물소리가
다시 흐르기 시작하고
들리기 시작하기 때문이다

산에 살다 보면
때로 아름답거나 신비한 일과 만난다

어린아이 마음 할아버지 마음

동심이란 것이 있다
그것은 예를 들면
동백꽃을 만나면
동백꽃의 고운 모습에 정신을 파는 마음이다

또한
옹심, 곧 할아버지 마음이란 것이 있다
그것 또한 동백꽃의 아름다운 모습에 깊이
정신을 파는 마음이다

우리 어른은
그 가운데 있어
동백꽃을 모르며
동백꽃이 곧 님a god이라는 걸 잊고 살고 있다

저문 강변의 노래

내 가슴속에서
한 성자가 신의 사랑에 취해서 눈물을 흘리며 춤을 추
고 있다
눈물은 양쪽 눈에서 넘쳐 뺨까지 흐르고 있다
그 이름은 차이타니아

내 귓속에는
한 성자가 한 말이 지금도 깊게 남아 있다
신을 보여 달라며 울어라
신을 보여 달라며 울어라 그러면 그대는 신을 볼 수 있
으리라
그이의 이름은 라마크리슈나

나는 강가에 사는 한 사람의 새내기 농부
밤이 되면
흘러가는 물소리를 들으며
언제나 그 물소리와 하나가 돼서
눈물로 지새는 날이 올 것인가

그날을 줄곧 기다리고 있다

말굽버섯

말굽버섯은 죽은 나무에 나서 자라는 나무처럼 단단
한 버섯이다
언제부터인가 그 말굽버섯이 나는 좋아졌다
책상 위 일본어 사전 위에 하나
그 옆에 놓인 오래된 영어 사전 위에 하나를 올려놓고
날마다 질리지 않고 보고 있다
사전이란 때때로 열어 보는 물건이어서
그때는 말굽버섯이 놓여 있으면 조금 불편하다
그것이 무슨 사전이든
먼저 말굽버섯을 다른 곳에 옮겨 놓고 들춰 보지 않으
면 안 된다
낱말 찾아보기가 끝나면 사전을 다시 제자리에 놓은
다음 말굽버섯을 다시 그 위에 놓지 않으면 안 된다
하지만 말굽버섯에는
사전의 지식 이상으로 중요한 것이 있다
사전에는 지식을 한없이 넓혀 주고 한없이 마음을 넓
혀 주는 것이 있지만
말굽버섯에는

그 마음을 가라앉히고 깊게 침묵하게 해 주는 것이 있
다
말굽버섯은 말 없는 지혜다

두 권의 사전 위에 놓인
두 개의 말굽버섯을 나는 매일 밤 질리지도 않고 바라
보고 있다

왜─아버지에게

왜 너는 도쿄 대학에 갈 생각을 않느냐고
고등학교 삼 학년 때 담임 선생님이 물었다
저는 와세다 대학에 가고 싶습니다 하고 대답했지만
그때 나는
키르케고르 전집을 읽기 시작했기 때문에
이미 시험공부를 할 시간이 없었다

왜 너는 대학을 그만두냐고
대학 삼 학년 때 아버지는 물었다
나는 방자하게도
입학할 때부터 졸업할 생각이 없었고
졸업장 갖고 세상을 살아가는 것은
비겁한 사람이나 하는 일이고
중학교만 졸업한 아버지의 길에도 거스르는 일이라고
대답했다

왜 너는
아나키스트가 되었냐고

올 삼월에 죽은 친구가 물었다
그 친구는 깊은 연민과 힘을 가지고
평생을 사랑 하나로 일관한 보기 드문 사람이었다―
나는 그에게
어디나 중심이고 또 거기에는 그 나름의 질서가 있으
니
정부 따위는 필요 없는 게 아니냐고 대답하지 않고
너 또한 아나키스트인 게 분명하다―고 대답했다

왜 너는
도쿄를 버리고 이런 섬에 왔느냐고
섬사람들이 수도 없이 물었다
여기에는 바다도 있고 산도 있고
무엇보다도 수령이 칠천이백 년이나 된다는 조몬 삼
나무가 이 섬의 산속에 절로 나서 자라고 있기 때문이라
고
대답했지만
그것은 정말 그랬다
조몬 삼나무의 영혼이
이 약하고 가난하고 자아와 욕망만이 비대해진 나를
이 섬에 와서 다시 시작해 보라고 불러 주었던 것이다

왜 너는
지금도 외롭고 슬프냐고
산이 묻는다
그 까닭을 나는 모른다
당신이
나보다도 훨씬 외롭고 슬프고
훨씬 풍요롭게 거기에 계시기 때문이 아닐까 싶지
만—
그 까닭을 나는 모른다

베짱이

베짱이가
밤이 되면 말없이 방 안으로 놀러 온다
산속 마을의 가을밤은 대단히 서늘하여
문이란 문은 다 닫는데도
어디론가 들어와
말없이 바늘 끝처럼 작고 검은 눈으로 나를 바라본다
나는
베짱이를 벗님이라고 님 자를 붙여서 부르고 있다
나는 베짱이를 대단히 좋아하여
베짱이가 파란 날개를 펼치고 날아오면
아아 벗님이 왔다고 가슴속으로 중얼거린다
한밤중의 일이기는 하지만

달밤 2 — 하야시 겐지로에게

인도의 카일라스산에 있는 마나사로바 호수는
관세음보살의 눈물로 생겼다고 한다
세상의 비참함을 구하기 위해
관세음보살은 세상에 오셨으나
세상의 비참함이 너무 많고 깊어서
그것을 구할 수 없음을 알고
관세음보살은 눈물을 흘렸다
그 눈물로부터 푸른 마나사로바 호수가 생겼다고 한
다

달밤에
그런 이야기를 벗으로부터 들었다

자두나무꽃

이 봄 아침에
흰 자두나무꽃이 피어 있다
그러므로
영혼은 눈에 보이는 것이기도 하다는
말은 틀림이 없다
이 봄 아침에
자두나무꽃이 활짝 피어 있다

산딸기

이 미터가 넘는 산딸기 줄기를 헤치고
산딸기 열매를 따서 먹는다
유치원에서 돌아온 미치토와 둘이서—
가게에서는 달고 큰 딸기를 팔고 있지만
그 딸기에는 농약을 쳤고 달기만 할 뿐
무엇보다도 돈이 없으면 살 수 없다—
산길에서 혹은 바닷가로 난 길에서
산딸기의 가시 투성이 줄기를 헤치고
미치토와 둘이서
엄지 손가락만큼 커다란 산딸기 열매를
스무 개 서른 개 따서 먹는다
풍어로구나 풍어로구나 이러면서
잠자코 웃으며 따서 먹는다
이것은 구석기 시대로 나아가는 나의 한 도달점이자
미치토 인생의 출발점이다
둘이서 사이 좋게
마음속으로 쿡쿡 웃어 가며
산딸기 열매를 따 먹는다

칠흑

시라코산의 칠흑처럼 어두운 길을
아내와 둘이서 손전등을 비춰 가며 돌아왔다
산에 둘러싸인 칠흑만큼 좋은 것도 없다
산에 둘러싸인 칠흑 속에 있으면
마음이 놓이고 나로 우리로 있을 수 있다
나이자 우리인 것만큼 좋은 것은 없다
시라코산의 칠흑같이 어두운 길을
아내와 둘이서 손전등을 비춰 가며 말없이 걸어 돌아
왔다.

빗속에서─돌아가신 하세가와 큰스님께

빗속에서
자줏빛 가지꽃을 본다
한 송이는 벌써 땅에 떨어져 밝고
한 송이는 아직 가지에 달려 밝다

빗속에는
죽음이 있는 이 세계라는 진실이 있다
비로소 마음을 놓게 하는 것이 있다
깊이 느껴지는 것이 있다

옛사람이 정토라고 불렀던 것이 그
쏟아져 내리는 빗속에 있다
비를 맞는 흙과 풀 속에 있다
작은 가지밭 속에 있다

빗속에서
자줏빛 가지꽃을 본다
한 송이는 이미 땅에 떨어져 밝고

한 송이는 아직 가지에 달려 밝다

성스러운 노인

우리 섬의 산속에는 한 사람의 성스러운 노인이 서 있다

연세가 대략 칠천이백 년이라고 한다

두껍고 거친 그의 피부를 만져 보면

멀고 깊은 신성한 기운이 스며 들어온다

성스러운 노인

당신은 이 세상에 태어난 뒤로 단 한 마디도 하지 않고

단 한 발도 움직이지 않고 거기에 서 계셨다

그것은 고행의 신 시바의 천년 지복 명상에 가까우면서

고행과도 지복과도 관련이 없는 존재로 거기에 있었다

다만 거기에 있었을 뿐이다

당신의 몸에는 다른 나무들이 수십 그루 우거져 자라며 당신을 대지로 삼고 있지만

당신은 그것을 천지자연의 당연한 일로 바라보고 있다

당신의 두껍고 거친 피부에 귀를 대고 하다못해 생명

의 물이 흐르는 소리라도 들어 보려 하지만

당신은 다만 거기에 있을 뿐

무언이다 한 마디 말도 없다

성스러운 노인

옛날에 사람들이 악이란 것을 모르고 인간 사이를 선이 지배하고 있을 때

인간의 수명은 천 년을 셀 수 있었다고 나는 들었다

그때는 인간이 신처럼 빛났고 신들과 함께 이야기를 나눴다고 한다

이윽고 사람들 사이에 악이 스며들고 그와 동시에 인간의 수명은 조금씩 줄어들었다

그래도 얼마 전까지는 삼백 년 오백 년을 산 사람이 있었다고 한다

지금은 그런 사람도 사라졌다

이 쇠의 시대에는 인간의 수명이 백 세를 한도로 삼게 됐다

옛날에 사람들 사이에 선이 지배하고 사람들이 신과 함께 이야기를 나누며 살던 때에 대해

성스러운 노인

나는 당신에게 묻고 싶었다

하지만 당신은 다만 거기에 조용한 기쁨으로 있을 뿐

무언이다 단 한 마디 말도 하지 않는다

내가 안 것은

당신은 거기에 있고 그리고 살아 있다고 하는 것뿐이다

거기에 있고 살아 있다는 것

살아 있다고 하는 것

성스러운 노인

당신의 발아래에서는 몇 줄기 맑은 물이 스며 나오고 있습니다

그것은 당신의 마음이 드러나는 단 하나의 증표입니다 그렇게 보였습니다

그 성스러운 물을 저는 두 손으로 떠서 마셨습니다

저는 생각이 났습니다

법구경98

마을이거나 숲이거나

골짜기거나 평지거나

절하기에 족한 사람이 사는 곳 그 땅은 즐거움이 가득하다—

법구경99

숲은 즐겁다 사람들이 좋아하지 않는 그곳에서 탐욕을 떠난 사람은 즐겁다

그는 욕락을 바라지 않기 때문이다—

숲은 즐겁다 절하기에 족한 사람이 사는 곳 그 땅은
즐거움이 가득하다

성스러운 노인

당신이 잠자코 말이 없는 까닭에

나는 당신의 숲에 사는 죄 모르는 한 사람의 농부가
되어 살며

당신을 기리는 노래를 부른다

3월 1일

아침에 일어나
문득 보니 새 달력에
"지옥 또한 집의 하나"라고
쓰여 있다
3월 1일
하얀 녹나무꽃이 활짝 피었고
복숭아나무도 꽃망울이 부풀어 오르며 봄을 맞고 있
었지만
한낱 나그네인 내게도
'지옥 또한 집의 하나'였다
그렇게 보니 마음 편해지며
얼굴을 씻는 손에도 봄이 가득 찼다

2부

감자밭에서

밭에서

밭에서
토마토가 온다
잘 익은
토마토 냄새가 짙게 나는 토마토가 온다

밭에서
가지가 온다
검자줏빛으로 익은
먹기에 아까울 만큼 예쁜 가지가 온다

밭에서
강낭콩이 온다
엷은 초록빛
현자의 마음과 같은 강낭콩이 온다

밭에서 생명이 온다
땅속 깊은 곳에서부터
밝은 빛으로부터

생명과 생명의 말 없는 기적이 온다

야자잎 모자를 쓰고 22

야자잎 모자를 쓰고
바다를 본다
사람들은 나아간다
세계로 세계로
우주로 우주로 눈먼 쥐처럼 나아간다
나는 반대로 물러난다
나에게로 나에게로
흙으로 돌로 숲으로 물러난다
야자잎 모자를 쓰고
바다를 본다
오래도록 우리 모두의 고향인 바다를 본다

그루터기

밭 안에 있는 나무 그루터기에 앉아서
주위를 둘러볼 때가 가장 행복합니다

푸른 풀이 가득하구나
바람이 부는구나
물소리가 들려오는구나

오이 새싹이 나왔네!
호박 새싹도 나왔네!
강낭콩 싹도 나왔네!

햇살이 비치면 마음이 밝게 빛납니다
고요해집니다
고요해지며 나로 돌아옵니다

밭 안의 나무 그루터기에 앉아서
주위를 돌아다볼 때가 가장 기쁠 때입니다

바람—이토 루이 씨에게

올해의 첫 북서풍이
휘잉휘잉 불며 산을 거칠게 흔들고 있다
역사를 통해 계속 보이는
우리 생활과 생명을 짓눌러 죽이는 국가 권력에 대해
또다시 격렬한 분노가 솟구쳐 올라온다
그 파르스름한 불꽃을
하지만 아랫배에 숨을 두고 어깨의 힘을 뺀 자세로
다시금 나는 견뎌 내지 않으면 안 된다
분노를
분노로써 슬프게 참아 내지 않으면 안 된다
나아가 그 분노를
국가가 아닌 새로운 세상 만들기로 계속해서 불태워
나가지 않으면 안 된다

올해의 첫 북서풍이
휘잉휘잉 불며 산을 거칠게 흔들고 있다

감자밭에서

감자밭 김을 맨다
한쪽 무릎을 땅에 꿇고
바랭이나 이질풀이나
새나 쇠별꽃이나 쑥을
작은 낫으로 베어 간다

벤 풀은
그대로 감자 뿌리 주변에 덮어 놓는다
다만 그것뿐이지만
중요한 것은
밭에 한쪽 무릎을 깊이 꿇는 것

밭에 한쪽 무릎을 꿇으면
거기서부터 사람은 흙으로 이어진다
사람이 흙과 이어지면
그것이
생명의 안식
괭이밥의 작은 황금색 꽃도 하나님으로 보인다

지장보살 1

지장보살이란
흙을 신으로 여기는 것이다

우리는
신이 하늘 어딘가에 있다고 생각하고
혹은 우리들 마음 어딘가에 있다고 생각하고
혹은 그런 것은 어디에도 존재하지 않는다고
생각하고 있지만

사실은
흙이 그대로 신이며
우리는 그걸 모르고
신 위에서 놀고 일을 하고
신 위에서 고통받고 눈물을 흘리고 있었던 것이다

지장보살은
이 시대에는 점점 더 힘없는 존재가 되어 가고 있지만
흙을 신으로 보는 사상인 것이다

지장보살 2

지장보살이란
흙을 신으로 아는 것이다

민들레꽃이 피지요
산딸기꽃이 피지요
그것이 지장보살

어린 풀이 가득하지요
마음이 놓이지요
그것이 지장보살

따듯하지요
듬직하고 깊지요
그것이 지장보살

지장보살이란
와야만 할 흙의 문명의 다른 이름입니다

하루 살이

바다에 가서
바다의 영원함을 바라보며
도시락을 먹는다

조개와 바다풀을 조금 따고
땔감으로 쓸 나무를 주워 모으며 하루를 산다

산에 가서
산의 고요에 젖으며
도시락을 먹는다

머위 새싹과 쑥을 조금 뜯고
땔감으로 쓸 죽은 나무를 주워 모으며 하루를 보낸다

일생을 사는 것이 아니다
다만 하루 하루
하루 하루를 살아가는 것이다

* 하루 살이―日暮らし는 에도시대의 승려, 도쿄 에탄道鏡慧端 선사가
  남긴 법어이다.

잊지 않기를

아파트 십삼 층에 살든
바닷가에 살든
우리는 흙에 속해 있다
그 사실을 잊지 않기를

흙에 한쪽 무릎을 꿇기까지 십 년
양쪽 무릎을 꿇기까지는 이십 년을
써야 했는데
헛되지 않았다

흙은 안심의 원천
흙이야말로 인류의 원천

아파트 십삼 층에 살든
바닷가에 살든
우리는 흙에 속해 있다
그것을 잊지 않기를

흙에 두 손을 모으면

홀로 있을 때
흙에 합장을 해 본다

흙이여 고맙다
대지여 고맙다고 두 손을 모아 본다

그렇게 하는 게
조금 부끄럽지만

아무도 없는 데서
흙에 두 손을 모으면

다만 그것만으로도
흙이 곧 신이자 부처인 것을 잘 알 수 있다

홀로 있을 때
흙에 온 마음을 다해 두 손을 모아 본다

우수 3

남풍이 불고
따듯한 비가 거세게 내리고 있다
일찍부터 라디오에서는 홍수주의보가 흘러나오고
땅은 벌써부터 물을 흠뻑 머금고 있다

신은 사랑이라고 하지만
그렇지 않다
사랑이 신인 것이다
우수가 신인 것이다

우수의 비는
신의 모습으로 나를 흙으로 돌려보내고
다시 한 번 내가 흙에 설 힘을 준다

엄청난 비가
발아래에서부터 몸과 마음으로 스며 들어와
나는 풀처럼 그리고 나무처럼
초목과 함께 이들에게 배우며

앞으로 다시 한 번 조금씩 우거져 갈 것이다

또 춘 날이 돌아올 거여 하고
마을 할머니는 말하지만
그것은 나도 알고 있다
그래서 이 절기라는 오래된 지혜로 겨우 돌아오게 된
것이다

현대 문명이 잃어버린 지혜로

더 이상 되돌아오지 않는다
추위가 또 와도
땅으로 스며들어
땅을 통해 내 몸과 마음에 스며든 우수는
더는 다시 얼어붙을 리 없다

남풍이 불고
따뜻한 우수의 비가 거세게 내리고 있는 오늘
벌써부터 라디오에서는 홍수 주의보가 흘러나오고
땅은 흠뻑 님을 머금고 있다

고요함에 대해

이 세상에서 가장 중요한 것은
고요함이다
산에 둘러싸인 작은 밭에서
허리가 끊어질 듯 아프게 괭이질을 하다가
때로 그 허리를
짙푸른 산을 향해 쭉 편다
산 위에는
작은 구름이 몇 덩이 천천히 흘러가고 있다
이 세상에서 가장 중요한 것은
고요함이다
산은 고요하다
밭은 고요하다
그래서 나는 고향인 도쿄를 버리고 섬에 와 농부로 살
고 있다
이것은 하나의 의견이지만
이 세상에서 가장 중요한 것은
고요함이다
산은 고요하다

구름은 고요하다
땅은 고요하다
벌이가 되지 않는 것은 괴롭지만
이 세상에서 가장 중요하고 또 필요한 것은
고요함이다

살바람

거센 남풍이 산비탈을 훑으며 불어오자
꽃이 한창인 생강나무 숲이 일제히 크게 흔들리며
반짝반짝 백황색으로 빛난다
건너편 산에 있는 얏 씨의 숯가마에서는 불이 도는지
흰 연기가 솟아올랐다
나는 나의 산밭에서 씨 뿌릴 준비를 하면서
가슴이 텅 빈 것처럼 쓸쓸했다
다로는 어제 우리 집을 떠나 섬을 떠나 도쿄로 가 버렸
다
나의 둘도 없는 아들이
자기 자신을 향한 여행을 떠나 버린 것이다
그것은 사실 참으로 축하할 일이었다
그러므로
셔츠 한 장으로도 땀이 흐를 만큼 따뜻한 살바람이 불
어오고
생강나무꽃 숲은 유쾌하게 웃는 듯이 흔들리고 있고
얏 씨의 숯가마에서는 연기가 솟아오르고 있고
나는 산밭에서 씨 뿌릴 준비를 하고 있는 것이다

블루베리를 심자

자두나무를 심자

차나무를 심자 산수국을 심자 시계풀 모종을 심자고
생각하고 있었지만

한편으로 내 가슴은 자꾸 비어 갔고

그 텅 빈 속에는

모든 걸 무의미하게 만들 만큼의 외로움이

전차처럼 격렬하게 질주하고 있는 것이었다

세찬 살바람이

쌩쌩 불어오고 또 불어오고

이 세계는 앞으로 점점 푸르러지고 점점 풍요로워져
갈 터이니

나는 날 하나가 부러진 톱을 고쳐 잡고

하늘과 땅 사이에 서서 나무를 향해

아버지인 나는 얼마든지 통곡을 해도 좋다

나는 한 마리의 조용한 원숭이가 되어 이 산에 붙어살
며

산과 이야기를 나누며 살 것이다

생강나무꽃이 유쾌하게 웃고

숯가마에서는 연기가 솟아오르고

겨울은 가고 봄이 온 것이다

이런 쓸쓸한 섬의 봄이 온 것이다
그런데 다로
나는 이 산에서 이제까지 할 수 없었던 말을
바람결에 너에게 말하려 한다
다로 새 출발 축하한다
다로 가난한 아버지로부터의 새 출발을 축하한다

밭 6

바다가 내려다보이는 넓은 밭에서
당신은 오후 내내 천천히 괭이질을 하고 있었다
그 일은 그날로 닷새째였다
동북풍이 불고 있었다
하늘은 희게 흐리고 바다도 푸르지 않았다
하지만 그 오후는
당신의 밭까지 파도 소리가 들리고 있었다
소리개가 그날도 좋은 소리로 울고 있었다
파도 소리와 소리개 소리를 들으며
마지막 이랑을 낼 때
마지막 이랑이라고 서둘러서는 안 된다고
당신은 자신의 가슴에 다짐을 주었다
그리고 어느 사이 삼백 평쯤 되는 밭 이랑 만들기가 모
두 끝났다
파도 소리가 들려왔다
소리개는 듣기 좋은 소리로 울고 있었다

한순간

바다가 내려다보이는 밭에서
당신은 오후 내내 천천히 괭이질을 하고 있었다
좋은 날씨로 하늘은 구름 한 점 없이 맑게 개었고
푸른 바다는 끝 모르게 펼쳐져 있었다
십이월인데 태양은 뜨겁게 쏟아지고 있었고 바람은
없었다
소리개조차 한 번도 울지 않았다
당신은 온 마음을 다해 괭이질을 했다
너무나 열심이어서
해가 등 뒤로 지고 있는 것도 알아채지 못했다
하지만 어느새 땅거미가 지고 있었다
잠깐 쉬려고 마른 풀에 앉으니 당신의 허리가 끊어질
듯이 아팠다
당신은 마른 풀 위에 누워 서산으로 져 가는 해를 부시
게 바라보았다
해가 저물어 갔다
당신은 눈을 감고 저물어 가는 해에 빌었다
그리고 눈을 뜬 순간

거기에는 완전히 다른 세계가 펼쳐져 있었다
거기에는 외로움을 드러낸 검푸른 산들이 있었다
검푸른 산들이
신성하고 장엄한 외로움으로 갑자기 나타나
거기에 있었다
그 산들은 이름 없는 섬의 산들이었지만
당신이 그때까지 본 어떤 산보다도 장엄한 산이었다
놀라서 일어나 앉으니
당신의 허리 통증은 어느새 사라지고 없었다
바다가 내려다보이는 넓은 밭에서
조금 더 괭이질을 하기 위해 당신은 자리를 털고 일어
섰다

풀 길

풀 길을 걷고 있다
풀 속의 좁은 길을 괭이를 메고 걷고 있다
쓸쓸한 나의 길을 걷고 있다
괭이싸리 열매가 들러붙고
낮부터 귀뚜라미가 우는
풀 길을 걷고 있다
어머니여
슬픈 어머니여
풀 속의 좁은 길을 괭이를 메고 걷고 있다
햇살이 쨍쨍 내리쬐는
이것은 분명 외로운 한낮의 길이지만
나의 길이다
내 존재의 길이다
풀 길을 걷고 있다
풀 속의 좁은 길을 괭이를 메고 걷고 있다

봄 아침 1

봄 아침
닭장에서
아—부지 아—부지 하고 닭이 울고 있다
나는
닭의 아버지가 아닐 뿐만 아니라
자식들의 좋은 아버지조차 아니다
그런데 봄 아침
닭장에서
아—부지 아—부지 하고 닭들이 울고 있다

지관타좌 只管打坐

야자잎 모자를 쓰고
김을 맨다
햇살이 뜨겁게 내리쬐고
시원한 바람이 불어온다
아무도 없는 들
아무도 없는 밭
오로지只管 풀을 뽑는다
야자잎 모자를 쓰고
죽어야만 할 나의 시간을 뽑는다

구름의 모양

바람이 세고
산 위에서는 구름이 뭉게뭉게 흘러왔다
미치토와 아내와 나 셋이
풀 위에 앉아 그 구름을 바라보았다
앗 염소다
미치토가 외쳤다
염소가 소가 됐네
내가 말했다
진짜다 소가 됐다
미치토가 말했다
앗 거꾸로 고양이다
내가 말했다
진짜다 거꾸로 고양이다
미치토가 말했다
앗 이번에는 말이 왔다
미치토가 외쳤다
정말 말이 와 있었다 커다란 갈기가 있는 말이었다—
감자밭의 오후 참 시간

구름은 끊임없이 흘러갔고
산은 움직이지 않았다

관세음보살— 다카하시 시즈에 씨에게

관세음보살이란
세계를 흐르고 있는 깊은 자비심이자
우리 속에도 흐르고 있는 하나의
따듯한 마음인데

언제부터인지
이 세계에는 그와 같은 것은 실재하지 않는다고
우리는 생각하게 되었다

그것이 없으면
이 세계나 나나 한순간도 살아갈 수 없는데
우리는 이 세기말에 그것은 꾸며 낸 이야기라고 여기
고 있다

누군가가 내게 기쁨을 준다면
그 사람은 관세음보살이고
한 그루의 나무가 내게 위로를 준다면
그 나무는 두말할 것 없이 관세음보살이라는 나무다

당신이 맑은 물을 마시고 맛있게 느껴지면
그 물이 관세음보살이고
관세음보살상을 보고 마음이 편안해지면
그 불상 또한 관세음보살이다

내가 사람을 따뜻하게 대하면
그것이 관세음보살이고
당신이 나를 용서해 준다면
당신 또한 관세음보살이다

관세음보살이란
세계를 흐르고 있는 깊은 자비심이자
우리 안에도 흐르고 있는
하나의 깊고 따뜻한 마음인 것이다

3부

기도

부엌에서

부엌에서 행주를 빨며
행주도 빨지 않으면 더러워지는데
하물며 사람의 마음이랴 하는 생각이 문득 들었다

사람은 무엇으로 마음을 씻을 수 있나
산을 바라보며 마음을 씻는다
구름을 바라보며
물을 바라보며
도토리가 열리는 모밀잣밤나무를 바라보며 마음을 씻
는다
개여뀌의 붉은 꽃을 바라보며 마음을 씻는다
그리고 또한
행주를 빨며 마음을 씻고 있었던 걸 알고

나는 기쁘게
다 빤 행주를 잘 짜고
정성껏 네모나게 접은 뒤
가만히 이마에 대 보았다

야자잎 모자를 쓰고 24
— 제3회 '다시 자연으로Back to Nature' 음악회에 부쳐

야자잎 모자를 쓰고

산을 오른다

난간이 없는 긴 광산용 다리를 건너

거대한 바위를 뚫어 만든 터널을 빠져나가면

그곳은 이미 이 세상이 아니다

산신령이 다스리는 산신령의 세계

우러러보이는 거대한 바위에서

몇 줄기 영험한 물이 떨어져 내리고

고대의 끈끈이주걱이 반짝반짝 빛난다

발밑 절벽 저 아래에는

원시 그대로인 안보강이 구불구불 흐르고 있다

마가목이 이제부터 다른 세상이 시작됨을 알려 주기

라도 하려는 듯이 무성하고

　나무수국의 흰 꽃이 피었고

　누리장나무꽃이 피어 있다

　야자잎 모자를 쓰고

　천천히 걸어 삼 킬로쯤 가니

　고스기타니 초등학교 옛터에 다다른다

지금은 사라졌지만 그곳도 전에는 사람 세상이 있었
다

거기서 남자들은 수령 천 년이 넘는 야쿠삼나무를 베
어 냈고

아낙들은 밥을 짓고

아이들은 학교에 다녔다

물론 상점이 있었고 공중목욕탕이 있었고 영화관까지
있었다고 한다

남자들이 몇천 그루 몇만 그루나 되는 야쿠삼나무를
다 베어 낸 끝에

더는 베어 낼 나무가 없어지며 산을 내려간 뒤로

이 땅은 다시 옛날처럼 산신령의 손으로 넘어갔다

초등학교의 넓은 운동장에는

지금은 인적 없이 연초록 빛깔의 바람만 불고 있다

그 마을이 사라진 슬픔과

그 마을이 사라진 기쁨을 씹어 가며

야자잎 모자를 쓰고

길을 오키나산 쪽으로 접어든다

우리 세계에서는 깊은 지혜를 가진 노인을 오키나, 곧
옹이라 부르지만

산신령이 사는 세계에서는 산 그 자체를 뜻한다

그 할아버지 산 쪽으로 천천히 나아간다

이윽고 삼대 삼나무에 다다른다

할아버지 삼나무 거목이 잘려 나간 그 그루터기에

아버지 삼나무가 자라나고 아버지도 잘려 버린 삼대

째 그루터기에

아들 되는 삼나무가 하늘을 찌를 듯 거목으로 자라

사람들은 이 나무를 삼대 삼나무라 부른다

인간의 삼천 년 세월을 산신령의 세계에서는

불과 삼대, 할아버지와 아버지와 그 아들로 살아 낸다

삼천 년 전

벌써 조몬식 토기가 세상에 퍼져 있었지만

천황제는 물론 국가도 그때는 아직 찾아볼 수 없고

일본 열도 어디나

움막을 짓고 그 한가운데 불을 피우고

석기로 나무를 깎아

배까지 만들어 먹는 걸 모으고

돌 나무 바다 강 말 없는 산의 영혼과 함께 숨 쉬던 사

람들의

작은 마을이 있었다

야자잎 모자를 쓰고

안보강은 아득한 절벽 사이로 흘러가고

남쪽의 말매미는 더 이상 울지 않고

북쪽 애매미만 우는 고요한 길을 간다

애매미

사흘을 내내 울다 흙으로 돌아가는 작고 작은 세상의
모든 애매미

이 세상의 호흡 이 세상의 기도

희미하게 회색 안개가 흘러와

큰길 어귀까지 삼 킬로라는 표지판이 보인다

야자잎 모자를 고쳐 쓰고

산에 오른다는 건 사실 산에 잠기는 일임을 안다

안개와 구름 사이로 아득히 먼 곳에서

한순간 오키나산, 곧 지혜로운 할아버지 산의 환영을
본다

이윽고 큰길 어귀에 닿는다

그곳에서는 청량한 계곡물이 콸콸 소리를 내며 흐르고

목말랐던 사람은 그 물을 그 영혼을 손으로 길어 몇 번
이고 마신다

평평하고 거대한 화강암 위에 몸을 누이고

눈을 감고 그 바위 신의 품에서 잠시 쉰다

야자잎 모자를 쓰고

그때까지 편안했던 오르막길에 이별을 고하고

갑자기 가팔라진 산길을 오르기 시작한다

갑자기 자욱해진 안개를

산신령의 엄숙한 마중이라 여기며

처음에는 숨이 찼지만 마침내 호흡을 가다듬고

한 발 한 발 천천히 안개 속으로 산속으로 잠겨 간다

숲은 깊어지고 거목의 그림자가 여기저기서 모습을
드러내지만

아직은 그것을 알아볼 만큼 호흡이 여유롭지는 않다

바위에서 바위 이끼에서 이끼로

곳곳에서 솟아나는 샘물의 기운에 휩싸이며

사람은 의지를 품은 물과 같아지는데

갑자기 오키나 삼나무, 곧 지혜로운 할아버지 삼나무
가 나타난다

밑동 둘레 십구 점 칠 미터 수령 추정 삼천 년

잿빛 안개가 나무 꼭대기를 덮어 보이진 않지만

희미하게나마 녹색 가지도 보여

이 거대한 구멍을 가진 거목이

머지않아 죽을 노목이 아니라

그 내부에서 물을 빨아들여

그 꼭대기의 녹음을 무성케 하는

살아 있는 산신령임을 말해 준다

거칠거칠한 껍질에 이마를 대고

사람은 그 영혼에 물들기를 빈다

안개가 가랑비로 바뀐다

할아버지 삼나무와 헤어져

야자잎 모자 챙을 우산 삼아

한층 더 울창한 숲길로 들어선다

이제 더는 애매미도 울지 않고

숲에서 새어 나오는 작은 물줄기만이

졸졸졸 고요한 소리를 내며 흐른다

사람은 조금씩 사람임을 잊고

또다시 의지를 품은 물이 되어 그 길을 오른다

이윽고 윌슨 그루터기에 다다른다

밑동 둘레 십삼 미터

이미 고사한 그루터기에 난 거대한 구멍에 들어가면

그루터기 안에 작은 신사神社가 있고

땅으로는 졸졸 물이 흐르고 있다

그 물을 한 움큼 길어 마신다

그루터기는 고사했지만 물이 있어 그루터기는 죽지

않는다

누가 그 신사를 나무 정령 신사라고

이름 붙였을까? 그루터기에 걸린 조그만 푯말이

안개비에 젖고 있다

죽음은 생의 끝도 아니고 시작도 아니다

죽음은 안개 같은 것 비 같은 것 물 같은 것

숲속에서는 죽음도 숲의 일상 그저 그런 일상

영혼에게는 죽음도 영혼의 일상 그저 그런 일상

구멍 한쪽 구석에서 비를 피하며 잠시 휴식을 취한다

야자잎 모자를 쓰고

벌써 세 시간이나 걸으며 산을 오른 뒤끝이라 휴식이
달다

죽음이란 깊은 휴식 같은 것

졸졸졸 물이 흐르고 있다

야자잎 모자를 쓰고

비가 그치고 안개가 걷히는 모습을 우러른다

한순간의 파란 하늘

하지만 다시 하얀 안개가 빠르게 차오른다

그 안개는 산신령의 호흡 더욱 깊은 것의 더욱 깊은 호
흡

밝고 고요한 숲속을

조몬 삼나무를 향해 다시 걷기 시작한다

커다란 노각나무의 붉은 껍질이 문득 눈앞에 나타나

그 고운 자태에 반해 사람은 저도 모르게 만져 보게 된
다

숲과 안개에 갇혀 좀처럼 그 모습을 보여 주지 않지만

저 너머에는 이 섬의 주봉

어머니 미야노우라산이 우뚝 솟아 있다

옛날에 나는

당신은 어머니인가 아버지인가 남신인가 여신인가라
고

미야노우라산에게 물어본 적이 있다

본래부터 여신이었노라 했다

숲의 나무들

울창하게 무성한 거목과 대목의 무리들은

그러므로 여신을 찬양하는 남신들이었다

하지만 밝고 붉은 껍질을 가진 노각나무만은

다른 나무들과 달랐다

노각나무는

미야노우라산처럼 상냥한 여신의 모습이었다

그 껍질을 가만히 어루만지며

영혼이 식어 버린 몸과 마음을 조금이나마 사람의 몸
과 마음으로 되돌린다

야자잎 모자를 쓰고

길은 다시 가파른 오르막길이 되고

흰 안개는 짙어졌다 옅어지고 짙어졌다 옅어지며

지상 가까이까지 내려와 시야를 가로막았지만

비가 되지는 않았다

이윽고 대왕 삼나무에 다다랐다

수령 추정 삼천 년

대왕 삼나무라는 이름에 걸맞게 빛나는 껍질을 두르고

검고 거대하게 하늘을 찌를 듯한 모습이었다

산신령 세계에 왕이 있을 리 없다

그것은 이 섬의 티 없는 마음을 가진 사람들이

어린아이와 같은 찬탄과 놀라움에 그만 그렇게 부르

게 되었을 뿐인

이 세상의 이름

위대한 것을 찬양하고 위대한 것과 함께 살고자 하는

가상의 동경의 이름일 뿐

대왕 삼나무 옆에 서서

가파른 등반의 피로도 잊고

사람은 또다시 그 껍질에 이마를 대고

당신이 나이고 내가 당신이기를

당신이 우리 모두이고 우리 모두가 당신이기를 빈다

이마를 드니

한순간 다시 안개가 걷히고 파란 하늘이 엿보인다

아름다운 파란 하늘

산신령이 안개가 되어 나타나고 다시 파란 하늘이 되어 나타남을

사람이 모를 수 없었다

하지만 다시 흰 안개가 하늘을 덮고

숲을 덮고 나를 덮다 이윽고 다시 가랑비가 되었다

비와 안개 속에서 그 비 또한 산신령의 현현임을 알 수밖에 없었다

야자잎 모자를 쓰고

야자잎 모자를 우산 삼아

온몸을 흠뻑 적셔 가며 물이 되어 산을 오르다 보니

부부 삼나무가 보인다

부부 삼나무 바로 앞에는 거대한 솔송나무가 있고

그 검푸르게 빛나는 솔송나무를 삼나무보다 멋진 남신의 모습으로

검은 정령으로 숭배하는 사람도 있지만

계곡 저 아래로부터 나고 자란 부부 삼나무

한쪽 손을 서로 꼬옥 맞잡고 있는 두 그루의 거목은

부부라는 그윽한 이름에 걸맞았다

숲속의 거대한 삼나무 부부

몇천 년이나 말없이 손을 맞잡고 서 있는 정령

이곳은 검은 솔송나무 숲이기도 하지만

더 깊게 야쿠삼나무 숲이기도 했다

부부에게 행복 있기를 남신과 여신의 맞잡은 손에 행
복 있기를

그 원초적인 모습에 행복 있기를

솔송나무 전나무 수레나무 철쭉 노린재나무

붓순나무 노랑만병초

원초의 영혼은 이런 각각의 모습으로 나무로 거기에
있고

부부 삼나무 역시 그렇게 그곳에 있었다

남신과 여신이 맞잡은 손에 행복 있기를

야자잎 모자를 쓰고

야자잎 모자를 우산 삼아

계속해서 산을 오른다

여기까지 오면 조몬 삼나무도 멀지 않다

하지만 가까워지면 질수록 그것은 아직 멀다

수령 추정 칠천이백 년

그 삼나무가 이 세상 생명을 얻은 것은

조몬 시대 초기의 일이었다

예수는 물론 부처도 노자도 아직 세상에 나지 않았고

덴노의 조상신 아마테라스도 그 이름으로 불리지 않았고

태양은 빛나고 비가 내리고

사람들은 그 아래서

작은 마을을 이루며 진실하게 살고 있었다

다랑어 가다랭이 방어 참돔 감성돔 뱀장어

전복 소라 말조개 바지락

참나물 땅두릅 고사리 머위 표주박

호두 도토리 물밤 복숭아 밤

사슴 멧돼지 산양 수달 담비 토끼

사람들은 그것을 사냥하여 먹고

모시 꾸지나무 닥나무 마 따위로 지은 옷을 걸치고

머리에는 동백나무로 만들어 옻칠을 한 빗까지 꽂고 있었다

튼튼하게 지어진 목조 집 안에는 불이 타오르고

크고 작은 토기들 안에는 겨울을 날 양식이 비축돼 있었다

물론 질병과 죽음에 대한 불안이 있었고 천재지변에 대한 두려움도 있었다

굶어 죽지나 않을까 하는 걱정도 있었고 산짐승에게 습격당할 위험도 있었다

하지만 그것은 지금 시대도 마찬가지

오히려 그때는 핵무기로 인한 공포도 핵발전소라는
범죄도 없었다

국가라는 인공 장치도 없었고

경제의 마력도 사람을 지배하고 있지 않았다

산은 신이었고 강은 신이었고 바다는 신이었다

흙이 신이었고 나무가 신이었고 불이 신이었다

신이란 생명이며

생명 그 자체가 그 진동이 신이었다

야자잎 모자를 쓰고

다시 비가 그쳤다

비는 그쳤지만 안개는 갈수록 짙어지며

숲은 하얀 수염에 뒤덮여 있는 것 같았다

그때 홀연히 숲이 끝나고

거기에 조몬 삼나무가 거대한 모습을 드러냈다

조몬 삼나무 또한 안개에 감싸여 있었지만

그 안개는 밝을 만큼 희어서

검게 거기 서 있는 삼나무를 숨기지 못했다

그곳은 안개에 물들고 물과 숲에 물들어서 묘하게 밝
았다

밑동 둘레 사십삼 미터 높이 삼십 미터

울퉁불퉁한, 나무라고 생각할 수 없는 거대한 나무가
눈앞에 서 있었다
　하지만 사람은 그 거대함에 놀라고 있을 수만은 없다
　놀라기 위해서가 아니라 만나기 위해서 왔으므로
　보기 위해서가 아니라 듣기 위해서 왔으므로—
　사람은 사람의 보물인 쌀과 흙을 품에서 꺼내어
　그 혹투성이의 나무 아래에 바친다
　당신이 생명이라면 나도 생명 생명인 것은 똑같지만
　당신의 생명은 너무나 길고 깊다
　그 긴 세월을 안개와 비와 함께 살아온 때문일까
　당신과 안개는 마치 같은 종족에 속한 존재 같다
　기도의 말은 없었다
　기도의 말은 안개
　당신을 치장하는 당신의 자매 안개였다
　사람은 일어서서
　야자잎 모자를 쓰고
　흰 안개와 함께 천천히 당신을 오른쪽으로 돌았다
　여덟 해 전 처음 당신을 찾아왔을 때
　그때 당신은 삿갓을 깊게 눌러쓴 한 노승의 모습을 보
여 주셨다
　그 작은 노승의 모습은

사이바바라 불렸던 인도의 거지 승려와 너무 닮아 있
었다
　나는
　당신의 내면에 깃든 삿갓 쓴 노승을 놀라움과 함께 받
아들였다
　세 번째와 네 번째 당신을 찾았을 때는
　당신은 가네샤 신의 모습을 보여 주었다
　베다 성전을 이 세상에 내려 주었다고 전해지는
　코끼리 얼굴에 사람 몸을 한 가네샤 신
　틀림없는 그 큰 가네샤 신을 당신의 내면에 합장했다
　이번이 다섯 번째 등반
　이렇게 눈을 부릅뜨고도 노승도 가네샤 신의 모습도
보이지 않고
　안개가 짙어졌다가 옅어지고 짙어졌다가는 옅어질 뿐
이었다
　당신이 안개가 돼 버렸나 싶었을 때
　당신을 일곱 바퀴째 돌고 있을 때
　그때 당신은 불쑥 내게 사자를 보여 주었다
　앞발을 세우고
　고개를 들고 눈을 감고 있는 사자
　그것은

사자이긴 했지만 사자라기보다 오히려 스핑크스였다
그 스핑크스는 깊게 눈을 감은 채
그 눈초리에서 눈물을 흘리고 있는 것 같았다
야자잎 모자를 쓰고
숲의 깊은 고요 속에서
사람은 하나의 문을 본다
그 문은 더 깊고 더 짙게 안개가 흐르는 저 멀고 깊은
숲에 이르는 문
사람이 기억한 바에 따르면
지금부터 약 이백만 년 전 호모하빌리스(원인류)가
동아프리카의 탄자니아 올두바이 협곡에서
마침내 석기를 만들기 시작했다고 한다
그 사람인지 원숭인지 모를 숲의 하루
숲의 세월—
사람의 원초 의식이 지닌 부드러운 물 같은 빛
사람의 원초 의식이 지닌 모닥불 불꽃 같은 행복
거기에 서서 그 문에 눈물을 흘리는 스핑크스—
야자잎 모자를 쓰고
—만남은 끝나고 듣는 것 또한 끝났다
하나의 모습으로서 문이 주어졌다
어디가 앞이고 어디가 뒤인지 모를 둥근 원의 길로

앞발을 세우고 눈을 감은 사자의 모습이 거기 있었다

안개 깊은 조몬 삼나무 그늘에서
야자잎 모자를 쓰고
사람은 이 세상의 늦은 점심을 먹는다
현미주먹밥 오이 생된장 땅콩
아이들 혹은 아내 혹은 남편
혹은 사랑 혹은 자비
혹은 생 혹은 죽음
안개가 이 세상 사람의 손목을 적신다
카르마karma와 카마kama는 같은 것
사랑과 업은 같은 것
사랑은 안개 업 또한 안개
짙어졌다가 옅어지고 옅어졌다가 다시 짙어지며
생명을 적신다
야자잎 모자를 쓰고
산을 오른다
사람은 의지 있는 물이 되어
물에 젖고 산에 잠긴다

고등학교 입학식

섬에 산벚나무꽃이 활짝 피었다

교사들이여
이 백십팔 명 신입생들의 영혼을
당신들 '교육'의 희생으로 삼지 마라
'바람직한 사회인'으로 길러 가지 말라
파멸로 치닫는 문명 사회의
톱니바퀴로도 리더로도 키워 가지 말라
교사들이여
섬으로 돌아오지 않는 '도시 사람'으로 길러 가지 말라
제삼세계를 침해하는 '국제인'으로 만들지 말라
교사들이여
이 백십팔 명의 신입생 가슴 속에서
산벚나무꽃보다도 조용히 빛나고 있는 저 영혼의 빛
을
필사적으로 응시하라
당신의 모든 힘을 다해
그것을 필사적으로 응시하라

섬은 지금 산벚나무꽃이 활짝 피어 있다

죽절초와 백량금

죽절초와 백량금을 찾아서
연말에 산을 걸었다
새해맞이 꽃을 찾아서
숲속을 부모와 자식 셋이서 걸었다

백량금이 있었다
붉은 열매의 백량금이 두세 그루
다섯 여섯 그루가 있었다
고맙습니다

죽절초가 있었다
주황색 열매의 죽절초는 단 두 그루
고맙습니다

숲 바깥에서는 북서풍이 횡횡 불며
추웠지만
숲 안은 바람도 없고
땅 밑바닥에서부터 따듯했다

나무껍질마저 따듯했다
죽절초 백량금 고맙습니다
살아 있는 것 고맙습니다
새해가 와 고맙습니다

엉겅퀴 길

엉겅퀴꽃이 길게 줄지어 피어 있어서
나는 그 길을 엉겅퀴 길이라 부른다

엉겅퀴 길을 걸으며
가까스로 여기까지 왔다는 생각이 든다
평평범범
범범평평한 엉겅퀴 길
적자색 꽃들이 시원한 바람에 하나둘 흔들리는 것을
보며
아무 일 없고
아무것도 부족한 게 없다
걷는 것만으로도
그것만으로 족하냐고
(이대로 정말 좋으냐고)
내가 물으면
정말 이대로 좋다고
엉겅퀴 길이 대답한다

엉겅퀴꽃이 길게
백 미터나 길게 줄지어 피어 있어서
거기를 요즘 나는
엉겅퀴 길이라 부르고 있다

바람을 지나는 법

커다란 바람이 큰 소리를 내며 불어와
모밀잣밤나무 숲이 휘청휘청 흔들릴 때
끝주홍나비들은
스이젠지나水前寺菜꽃에 앉아
날개를 접는다

바람이 강할 때
끝주홍나비들은
그렇게 바람이 지나가기를 기다린다
그러므로 나도
세상의 쓴 바람이 거세게 불어와
슬픔으로 힘들 때는
날개를 접고
관세음이라는 꽃에 앉는다

나는 나비가 아니라서
날개를 접는 게 꽤 힘들지만
끝주홍나비들을 보고 있으면

다만 마음을
닫으면 된다는 것을 안다

바람이 강하게 불 때
끝주홍나비들은
스이젠지나꽃을 붙잡고 바람이 지나가기를 기다린다

천천히 걷는다

바쁜 날이라서
천천히 걷는다

가을 햇살 쏟아지는 소리가
들리기를

산들바람이
맨발에 부드럽게 미소 짓기를

짚신나물의 노란색 꽃이
저절로 이 마음에 머물기를

바위들의 무언의 노래가
무언인 채로 퍼져 가기를

바쁜 날은
천천히 걷는다

여섯가지 지혜

보시 지계 인욕 정진 선정 지혜

보시란 남에게 도움이 되는 것
지계란 자기 마음 안의 소리에 따르는 것
인욕이란 기다리는 것 견디는 것
정진이란 계속 꿈을 꾸는 것
선정이란 고요한 마음
지혜란 물질에도 마음에도 실체가 없다는 걸 아는 것

보시 지계 인욕 정진 선정 지혜

이 여섯 가지 지혜를 우리는
일생을 걸고 살아가면 좋은 것이다

봉숭아와 조몬 삼나무

봉숭아

저의 고향은 적도 아래 태양이 작열하는 인도네시아
라 들었습니다

조몬 삼나무

저는 지금 이 자리에서 일본이라는 나라 이름이 아직
없을 때부터 살고 있습니다

봉숭아

저는 꽃입니다

조몬 삼나무

저는 나무입니다

봉숭아

저의 애칭은 봉선화인데 등불을 켠 잔을 닮았다고 등
잔화라고도 합니다

조몬 삼나무

저의 애칭은 조몬 삼나무 학명은 크리프토메리아이고
진짜 이름은 그냥 삼나무입니다

봉숭아

저는 한해살이입니다

조몬 삼나무

저의 생명은 저도 잘 모를 만큼 깁니다 이제까지 대략 칠천 년쯤 살아온 것 같은데 앞으로도 얼마나 더 살지 알 수 없습니다

봉숭아

저는 야마오 산세이 씨 집 마당에 피어 있습니다

조몬 삼나무

저는 그 사람을 모릅니다

봉숭아

그래요 그건 좀 너무한데요 그 사람은 날마다 당신을 생각하고 당신에게 기도와 물을 바치고 있습니다

조몬 삼나무

저도 그것을 느끼고 있습니다만 그 사람은 모릅니다

봉숭아

저는 여름 한철 붉은 꽃을 피우고 그 뒤에는 열매를 맺고 사라지지만 그것은 매우 조용한 기쁨입니다.

조몬 삼나무

저도 여기서 이렇게 가지를 펼치고 있는 것에 크고 고요한 기쁨을 느끼고 있습니다

봉숭아

저는 여자입니다

조몬 삼나무

저는 할아버지입니다

봉숭아

저는 매우 깊은 슬픔입니다

조몬 삼나무

저도 같습니다

봉숭아

저는 매우 깊은 기쁨입니다

조몬 삼나무

저도 같습니다

봉숭아

저는 죽었다 다시 살아납니다

조몬 삼나무

저는 아직 죽음을 모르고 다시 살아나는 것도 모르지만 언젠가는 죽고 또 언젠가 다시 살아나리라 생각합니다.

봉숭아

저는 당신을 사랑합니다

조몬 삼나무

저도 당신을 사랑합니다

봉숭아

우리의 사랑을 노래해 주세요

조몬 삼나무

우리의 사랑을 노래합시다

봉숭아

여름 한철인—

조몬 삼나무

여름 한철인 목숨

봉숭아

여름 한철의—

조몬 삼나무

여름 한철의 열매를

봉숭아

바람에 실어 당신에게 보내요

조몬 삼나무

바람에 실어 당신에게 보내요

봉숭아(눈물을 머금고)

즐거웠어요

조몬 삼나무(눈물을 머금고)

즐거웠어요

달밤

구름 한 점 없는 하늘에 열엿새 달이 떴다

항구에는 몇 척인가 어선이 닻을 내린 채 달빛을 받고
있었다

파도 소리 하나 없는 조용한 일월의 밤이었다

효도 씨와 나는 둘이서

항구의 풍경을 오랫동안 말없이 바라보았다

본래 고향이라는 말이 내 가슴 안에는 있었다

나는 효도 씨와 부둥켜안고 울고 싶은 기분이었다

차 마시러 갑시다

하고 효도 씨는 말했다

오늘 밤처럼 뜨거운 차 한 잔을 효도 씨와 함께 그이
집에서 마시고 싶은 밤도 없었다

하지만 나는

아니 오늘 밤은 이대로 갈래요 하고 말하고

혼자서 밤길을 걸어갔다

내가 돌아보았을 때 효도 씨도 나를 돌아보고 있었다

우리 섬의 원생림을 더 이상 한 그루도 베어서는 안 된

다는

　밤이 깊을 때까지 이어진 지역의 대화 모임을 끝내고
돌아오는 밤의 일이었다

정좌

　정좌하면
마음이 저절로 맑아진다
정좌하면
마음이 저절로 고요해진다
정좌하면
아버지가 있고 어머니가 있고 하나님과 부처가 있다
정좌하면
거기 정좌하고 있는 내가 있다

한밤의 카페오레

프랑스에 갔던 적이 없어
진짜 카페오레가 어떤 맛인지 모르지만
오늘밤도 몹시 춥고 또 곧 날도 샐 것이기 때문에
부엌에 가서
산양 젖에 일회용 커피 가루를 넣어 카페오레를 만들
었다
몹시 뜨겁고 맛있는 카페오레가 만들어졌다
산양이여 고마워 하고
인사하며 혼자서 천천히 마시고 있자니
잠을 자고 있어야 할 산양이 산양 우리에서
한 차례 메에에 하고 울었다

커다란 돌

우리 집 텃밭 속에는
높이가 일 미터쯤 되는 커다란 돌이 있다
돌이라기보다 바위로
돌콩 넝쿨이 휘감으며 자라고 고사리 따위가 우거져
있다

열여섯 해 동안
그곳에 그 돌이 있는 걸 알고 있었고
때로는 그 위에 앉아서 원숭이가 된다거나
지나치게 풀이 우거지면 그 풀을 베거나 해 왔다

자주 있는 일이지만
일생에 한두 번인 듯 살아갈 힘을 잃고
선 채로 죽은 겨울 차조기처럼 보기 흉한 짙은 갈색의
내가 되어 있을 때

그 커다란 돌이 갑자기 하나님이 됐다
따듯하고 움직이지 않는

돌은 거기에 있는 하나님이었다

열여섯 해 동안 나는 거기에 그 커다란 돌이 있다는 것을 알고 있었지만

거기에 그처럼 있는 신을 알지는 못했다

잘 다녀와라

오렌지빛 능소화꽃 터널 아래를 지나
아침에 아이들이 학교에 간다

이 학년인 간
잘 다녀와라 다녀올게요
사 학년인 스미레
잘 다녀와라 다녀올게요
한 사람씩 인사를 하고 한 사람씩 인사를 받는 즐거움
고마움
육 학년인 우미
잘 다녀와라 다녀올게요

나도 이 세상을 떠날 때
다녀올게 하고 힘찬 소리로 말하고
다녀오세요 하고 배웅을 받으며 떠나고 싶다
오렌지빛 능소화꽃 터널 아래를 지나

진구 청년 이야기 1

우리 섬의 바다는 더럽다고 진구 청년이 말했다

뭐어? 하고 나는 대답했다

우리 섬의 바다가 대도시인 오사카만하고 이어져 있기 때문이 아니겠어요?

바다는 하나니까

라고 진구 청년이 말했다

야쿠섬의 바다와 오사카만이 이어져 있다니

나는 그때까지 그런 생각을 해 본 적이 없었다

벌써 오 년이 넘게 어부로 살고 있는 진구 청년의 이야기다

귀뚜라미 1

귀뚜라미가
조용히 온 마음을 다해 울고 있다
문명도 진화도 멸망도
여기에는 없다
땅의 것이자
땅인 귀뚜라미가
조용히 온 마음을 다해 울고 있다

달밤 4

마당에는 불이 타고 있었다
하늘에는 보름달이 떠 있었다
바로 옆에서 커다란 계곡물이 소리 높여 흐르고 있었
다
우리는 춤추고 있었다
나는 춤추고 있었다
나이지리아에서 온 킹 서니 아데가
EMAJO!
에마조! 춤추자!
고 외치고 있었다
EMAJO!
춤추자!
큰 불은 새빨간 불꽃을 피워 올리고
불 아래에는 대지가 있었다
대지에는 깊은 슬픔과 함께 풍요가 있었다
모밀잣밤나무는 밝은 달 하늘을 가리고 있었다
그 검은 모밀잣밤나무 그림자가 나의 눈이었다
그 검은 그림자는 슬픔과 풍요의 덩어리였다

EMAJO!

춤추자!

우리는 춤추고 있었다

나는 춤추고 있었다

밝은 하늘에는 보름달이 떠 있었다

투명한 보름달이

검은 나무숲 위를 천천히 자리를 옮겨 지나갔다

달이야말로

슬픔의 끄트머리였다

끄트머리에야말로 슬픔이 깊은 것을

아프리카여

당신은 알고 있다!

EMAJO!

춤추자!

얏 씨가 춤추고 있었다 진구 청년이 춤추고 있었다 겐
시가 춤추고 있었다

하지만 어느덧 새벽녘

다른 사람들은 모두 지쳐 쓰러져 잠이 들어 버렸다

불이 타닥타닥 타오르고 있었다

강은 소리 높여 흐르고 있었다

달도 이윽고 산등성이에 걸리고

새벽 첫닭이 울었다

EMAJO!

춤추자!

슬픔과 풍요가 하나가 될 때까지

하나가 될 때까지!

EMAJO!

춤추자!

생명의 밤이 샐 때까지

우리 아프리카의 밤이 샐 때까지

4부

식빵의 노래

깊은 별하늘 1

깊은 별하늘의 밤이 이어지고 있다
손가락을 꼽아 보면

오늘로 벌써 열아흐레째
밤마다 하루도 흐린 날이 없이

온 하늘이 그 영겁의 눈으로
나를 바라보고 있다

해가 저물고
산 위 하늘만 아직 밝은 시각에

거기 먼저 금성이 빛난다
금성의 크고 젖은 빛은

언제나 나를 깨끗하게 해 주지만
그것은 아직 영겁의 눈이 아니다

그것은 곧 찾아올 깊은 별하늘을 알리는
길잡이 별일 뿐이다

금성이 산 위로 져 갈 무렵에는
하늘 한가운데서 목성이 빛나기 시작한다

목성의 건강한 누른빛은
늘 안심과 행복이라는 빛을 가져다주지만

그것도 아직 영겁의 눈은 아니라
밤이 깊어지고 있다는 걸 알리는 또 하나의 길잡이 별
일 뿐이다

아홉 시쯤이 되면
남섬의 밤도 한층 깊어지고

남쪽 하늘에서 북쪽 하늘로
흰 구름처럼 은하수가 흐른다

전갈좌의 붉은 별이 반짝반짝 빛나고
은하수를 끼고

견우성과 직녀성이 아름답지만

그 별들과 은하수조차도
영겁이란 이름에는 턱없이 부족하다

영겁은
반드시 은하계를 넘어가지 않으면 안 된다

눈에 밝은 일등성 이등성
삼등성조차도 은하수의 한 무리로

별자리 신화나 민속의 여러 행사에 등장하는
개별 이야기에 지나지 않고

깊은 별하늘은
개별을 넘고 이름도 넘어

온 하늘로서 나타날 때
비로소 깊은 별하늘이 된다

눈에 보이지 않는 샘처럼 솟아오르는

온 하늘의

헤아릴 수 없이 많은 별의 바다 속에 있을 때

우리는
사실 거기서 영겁이란 말의 실체를 만나고 있는 것이
다

눈이 다하는 그 끝 무렵
의식이 다하는 그 끝 무렵

거기를 넘어
온 하늘 무수한 별의 바다는 찾아온다

거기서는
기도하는 것과 기도하지 않는 것의 구별이 사라지고

다만 거기
영겁이 있을 뿐이다

깊은 별하늘

맑게 갠 깊은 별하늘의 밤이
벌써 열아흐레째 이어지며

그 사이에
태양계의 보름달은 조금씩 이울어 가고

스무사흘 달의 어두운 밤이 되고
다시 새로운 초승달이 서산 위에

금성과 나란히
맑고 곱게 빛나고 있다

이 길 —다로에게

야쿠섬의
산을 향해 고개를 숙인다
바다를 향해 두 손을 모은다

지금 아버지는
너와 네 두 동생 그리고 네 어머니와 함께
이 섬의 이 길을 걷고 있다
이 길은 아버지가 아버지의 지식과 마음의 힘을 모두
쏟아서
아버지 자신과 너희들을 위해 선택한 길이다

아버지는 밀짚모자를 쓰고
한 손에 낫을 들고 이 여름 들길을 걷는다
한 사람의 시인으로 가난한 마음의 화전을 일군다
너는 등 번호 십삼을 단 야구 선수로
섬의 중학생으로 인간의 마음을 들여다볼지 모른다

이 길은 돌아갈 수 없는 길

너도 아버지도 동생들도 네 어머니도 다시 돌아갈 수
없는 길
계속해서 걸어 나가야만 하는 길이다
그러므로 아버지가 자신에게 그랬듯이 너 또한
계속해서 앞으로 나아가기를 바란다

야쿠섬의
산을 향해 고개를 숙인다
바다를 향해 두 손을 모은다

불을 피워라

산에 땅거미가 진다
아이들아
봐라 벌써 밤이 등 뒤에까지 와 있다
불을 피워라
더 놀고 싶은 마음을 접고
오랜 옛 마음으로 돌아와
불을 피워라
아궁이에는 땔감이 충분히 준비돼 있다
잘 마른 것 조금은 덜 마른 것
굵은 것 가는 것
잘 골라 불을 피워라

조금쯤 매운 것은 어쩔 수 없다
참아 내며 불을 피워라
이윽고 불이 피어오르면
보아라 너희들의 지금 마음과 같은 오렌지빛 불꽃이
한 줄기로 타오르리라
그러면 가만히 그 불을 바라보아라

어느 사이—

등 뒤에서 밤이 너희를 폭 감싸 안고 있다

밤이 너희를 폭 감싸 안고 있을 때야말로

신비로운 시간

불이 영원에 관한 이야기를 시작하는 때다

그것은

잠들기 전에 어머니가 읽어 주던 책 속의 이야기가 아

니고

아버지의 자기 자랑 같은 것도 아니고

텔레비전에서 볼 수 있는 것도 아니다

너희들 자신이 너희들 자신의 눈과 귀와 마음으로 듣

는

너희들 자신의 불가사의한 이야기인 것이다

조심스레 마음을 모아

불을 피워라

불이 일심으로 피어오르도록

하지만 너무 활활 타오르지 않도록

고요한 마음으로 불을 피워라

인간은

불을 피우는 동물이었다

그러므로 불을 피울 수 있으면 그것으로 인간인 것이
다

불을 피워라

인간 원초의 불을 피워라

마침내 너희들이 자라 이 집을 떠나 허영의 도시에 갔
을 때

필요한 것과 필요하지 않은 것을 가리기 어려워지며

자신의 가치관을 잃어버렸을 때

분명 너희들은 생각해 내리라

밤에 폭 안겨

오렌지빛 신비한 불꽃을 바라보았던 날들의 일을

산에 땅거미가 진다

아이들아

벌써 밤이 등 뒤에까지 왔다

오늘은 충분히 놀았으니 이제

놀기를 그만두고 너희들의 불을 지펴라

헛간에는 땔감이 충분히 준비돼 있다

불을 피워라

잘 마른 것과 조금 덜 마른 것

굵은 것 가는 것

잘 고르고 놓아

불을 피워라

불이 한 줄기로 타오르면

그 오렌지빛 불꽃 속의

금빛 신전에서 들려오는

너희들 자신의 옛날과 오늘과 미래의 신비하고 불가

사의한 이야기에 귀를 기울여라

가족

가족은 전 세계로 가는 여행의 시작
자비로 가는 여행의 시작
그리고
그 여행 끝에서 보이는 하나의 등불
가족은 엄숙한 진리의 드러남
벌거벗은 내가 보이는 거울

길의 불

아이가 태어난 지 이레째 되는 날 밤

아이의 이름을 미치토道人라고 붓으로 써서 제단 위에
놓는다

다쿠오 씨가 경트럭 하나 가득 유채꽃과 축하금을 들
고 찾아와 주었다

준은 이 추운 때 바다에 가서 커다란 새우를 잡아다
주었다

마부루는 트럭으로 산파를 맞으러 가 주었고

유리 씨는 케이크를 구워다 주더니 또 오늘 밤은 딸기
한 상자를 가져왔다

진구 청년은 술에 취해 작은 소리로 축하의 말을 한
뒤

이 말 한마디를 하고 싶었다는 농담도 했다

얏 씨는 소주 두 병을 가져왔다

시마토 씨도 소주 두 병을 가져왔다

후미히로 씨는 소고기와 돼지고기를 1킬로씩 선물해
주었다

기미코 씨는 현미찹쌀떡과 콩과 쑥이 든 현미찹쌀떡과 들깨가 든 현미찹쌀떡 따위를

　손수 빚어 가져다주었다

　이시타 씨는 컵라면 여섯 개와 달걀 스무 개를 넣어주었다

　쇼코 씨는 손수 만든 방석을 들고 와 주었다

　피짱은 그가 사는 섬 스와노세에서 마음을 담아 전화를 해 주었고

　라다는 바로 축하 편지를 보내 주었다

　섬의 관습에 따라 양부모가 된 효도 씨 부부에게는

　손수 만든 고급스러운 면 포대기를 받았다

　모두

　혈연이 아니라 이 길 위에서 만난 사람들이다

　길

　사람은 다 길 위에 있다

　그 깊이 그 존엄함에 나는 머리를 숙인다

　머리를 숙인 그 가슴에는 불이 하나 타고 있다

　그 불을 길의 불이라 이름 붙인다

　그 불은 그냥 불이 아니다

　길 그 자체에 깃든 길을 밝히는

길의 불이다

아이가 태어난 지 일곱 날째 밤에
우리에게 온 이 아이의 이름을 미치토라고 붓으로 써
서 제단 위에 놓는다

품에 안고

막 태어난 미치토를 두 팔로 안고 정좌한다
미치토라는 사람의 이름을 붙이고는 있지만
내 팔 안에 있는 것은
깊고 고요한 하나의 파동
신의 현전現前이라 해야 한다
사람의 이름으로 부르기에는 너무나 아깝다
사람의 이름으로 부르기에는 너무나 아깝다

막 태어난 갓난아이를 두 팔로 안고 정좌한다

라마나 마하리쉬

토끼야 토끼야 무얼 보고 뛰니?
열닷새 보름달 보고 뛰지

이 노래를 미치토를 안고 불렀다
미치토는 손발을 버둥거리며
얼굴을 내 어깨에 비비며 칭얼거리고 있었지만
그것은 곧 잠이 들 전조였다

토끼야 토끼야 무얼 보고 뛰니?
열닷새 보름달 보고 뛰지

이 아름답고 단조로운 멜로디를
후지이 니타츠 큰스님 사진 아래서 부르고
라마크리슈나 사진 아래서 부르고
라마나 마하리쉬 사진 아래서 불렀다
그러자
아이를 안은 채 나는 언제부터인가 달빛 속의 토끼가
돼서

아름다운 그 노래를 자꾸 불렀다

몇 번째일까 라마나 마하리쉬 아래까지 왔을 때
목이 막히며 노래는 오열로 바뀌었다
라마나 마하리쉬는
완전한 존재—의식—지복에 이르기 위해서는
나는 누구인가라는 질문을 계속해서 해야 한다고 알
려 준 스승이었다
미치토를 안은 채로 나는 소리 없이 오열로 흔들렸다

토끼야 토끼야 무얼 보고 뛰니?
열닷새 보름달 보고 뛰지

부채

태어난 지 다섯 달 된 미치토의 몸이 불덩이 같았다
열과 함께 온몸에 두드러기가 돋았다

나는 부채로 부쳐 주었다
시원한 바람 시원한 바람
아이에게 들어가 열을 없애 주세요 두드러기를 가라
앉혀 주세요

그러자 다음 날
열이 내려가고 두드러기도 사라지고
전처럼 방긋방긋 웃기조차 했다

내가 미치토에게 부채질을 해 준 부채에는
보라색 붓꽃이 그려져 있고
뒤에는 '잇소 사거리 상점'이라고 인쇄돼 있다

토방

부엌을 넓혔다
폭 백팔십 센티에 길이 육백 센티쯤 되는 크지 않은 확
장일 뿐이지만
그것만으로도 집 안이 훤하게 넓어져 대단히 기분이
좋다
반은 두께가 두꺼운 널빤지를 깔았지만 반은 토방으
로 남긴 덕분에
집 안에 작지만 토방이 생겼다
오래 나는 토방이 있는 집에 살고 싶다고 소원해 왔는
데
드디어 내 손으로 집을 그렇게 바꿔 지었다
가족이 잠든 깊은 밤에
홀로 부엌에 불을 켜고 문지방에 걸터앉아
소주를 마시면서 부엌을 바라본다
토방이란 얼마나 좋은 것인가
집 안에 흙이 있으니 얼마나 마음이 편안한가
이틀 전에
내 마음을 찬찬히 살펴보니

내가 진심으로 바라는 것은 역시 깊은 고요함인 것을
알았다

깊다고 하는 것은 흙이 있는 것이었다

고요함이란 것은 물이 흐르고 있는 것이었다

사람이 살아가는 데에는

먼저 무엇보다도 공기가 필요하다 그리고 맑은 물이
필요하다

그리고 나무가 필요하다 그리고 흙이 필요하다 불이
필요하다

그리고 그것만 있으면 그 뒤에는 어떻게든 살아갈 수
있는 것이다

앞으로 사람의 삶은

점점 더 공기를 더럽히고 물을 더럽히고 나무를 베고

흙을 콘크리트로 덮고 불을 핵에너지로 바꾸는 쪽으
로 나아갈 테지만

그것은 참다운 사람의 삶이 아니고

서구 문명이라고 하는 가짜 삶이었다는 것이

토방을 바라보고 앉아 소주를 마시며 절실하게 느껴
졌다

진리는 바깥에 있는 것이 아니고

집 안의 토방에 있다는 것이 깊게 느껴졌다

숲속의 집 3

숲속의 집 오전
햇살이 비스듬히 비쳐 들며
귤나무 그림자가 마루에서 조용히 흔들리고 있다
그 시간 젖먹이 간을 무릎에 앉히고
차를 마신다
좋아하는 진한 녹차

부드러운 간의 몸은 더없이 따듯해서 그 온기가 무릎
에 그대로 전해지며
갓난아이는 이렇게도 따뜻하구나
다시 한 번 놀라게 된다

무심의 따뜻함
무아의 따뜻함
생명 그대로의 따뜻함

젖먹이는 하나님이라 하는데 그 말이 맞다
사람들에게 무아의 행복을 알려 주는 것이 신

사람들에게 무심의 천진함을 주는 것이 신

생명 그대로의 따뜻함을 전해 주는 것이
그대로 신인 것이다

사람이 신이 되기는 어렵지만
젖먹이는 그대로 하나님이어서
무릎에 앉히기만 하면

바로 사람은 하나님을 만지고
하나님의 뺨을 쓰다듬으며
심연과 같은 무언의 미소와 만날 수 있다

무아인 것이 신
무심인 것이 신
생명 그대로의 따뜻함 그 자체가 신인 것이었다

숲속의 집 오전
햇살이 비스듬히 비쳐 들고
귤나무 그림자가 마루에서 조용히 흔들리고 있다

그 시간 젖먹이 간을 무릎에 앉히고
천천히 오전 열 시의 차를 마신다
진하게 우린 녹차를 마신다

식빵의 노래—다로에게

너도 잘 알고 있듯이

우리 집에서는 좀처럼 식빵을 먹지 않는다

가끔 식빵을 먹는 것은 아픈 사람이 생겼을 때나

준코가 열병처럼 식빵을 먹고 싶어 할 때거나

생각지 못한 돈이 들어왔을 때다

집 안에 식빵이 한 봉지 있으면 그것만으로 우리는 대

단히 행복하다

준코는 식빵을 무척 좋아하고 너도 식빵을 좋아하고

지로도 식빵을 좋아하고 라마도 요가도 라가도 식빵

을 몹시 좋아하고

미치토도 좋아하고 나 또한 좋아한다

그런데 다로

너는 스무 살을 눈앞에 두고 앞으로 이 집을 떠나 이

섬을 떠나 도쿄로 간다

도쿄라는 곳은 식빵 따위는 흔한 음식으로

예를 들어 식탁 위에 식빵 한 조각이 놓여 있어도

그것을 초라한 음식으로 때로는 하찮은 음식이라 여

기기조차 하는 곳이다

너도 반 년 일 년을 도쿄에 살게 되며 혹은 삼 년 사

년을 살게 되며

  언젠가 식탁 위의 식빵 한 조각을
  그처럼 보고 쳐다보지 않는 때가 온다
  찬장에 넣은 채로 곰팡이가 슬게 만든다거나
  냉장고 속에서 딱딱하게 굳어 버리게 만들 때가 온다
  그때는
  (잘 기억해 두기 바란다)
  아버지인 내 사상이 죽음에 직면해 있는 때이고
  하나의 진리가 죽음에 직면해 있는 때이다

  식빵이 먹고 싶으면 돈을 벌어서 사면 되고
  이 섬에서도 얼마가 됐든 빵 정도는 팔고 있지만—

  이 집을 떠나려고 하는 너는 반은 이렇게 생각하고 반
은 이렇게 생각지 않을 거다
  반은 이렇게 생각하는 것은 진실로 청년다워 좋다
  또 반은 이렇게 생각지 않는 것도 내 아들다워 좋다
  그 절반에 서서 너는 모레 도쿄를 향해 집을 떠난다
  나는 이때까지 단지 너와 함께 살았을 뿐 너에게 아무
것도 해 주지 못했다
  검은 가죽 잠바도 사 주지 못했고

통학용 새 오토바이도 사 주지 못했다

장학금을 타고 학비 면제 수속을 밟게 해서 마치 공으
로 고등학교를 나왔다

그 아픔이 없을 리 없다

하지만 내 생각은

(지난 이십 년간 계속해서 품고 있는 내 생각은)

인간은 돈을 벌기 위해 살아서는 안 된다고 하는 이상
을

힘써 잊지 않고 또 실천하는 일이었다

네가 여섯 해를 살고 모레는 떠나는 이 섬에서조차

사람들은 일견 아침부터 밤까지 돈만을 생각하고 있
는 것처럼 보인다

일본뿐 아니라 세계 어디를 가나 사람들은 아침부터
밤까지 오직 돈만을 생각하고

더욱 윤택한 생활을 하고 싶어 뒤쫓아 뛰고 있는 것처
럼 보인다

고구마보다는 보리밥 보리밥보다는 흰 식빵

식빵보다는 샌드위치라는 꿈을 쫓는 것처럼 보인다

하지만 아니다

우리가 정말로 바라는 것은 생명의 원향, 곧 본래 고
향이다

그 생명의 본래 고향을

나는 한때 어머니라고 부르고 한때는 관세음이라고
부르고

한때는 나 자신이라 부르고 신이라고 부르고

한때는 이 섬의 산속에 자생하는 수령 칠천이백 년 된
조몬 삼나무라 부르고

한때는 다만 산이라고 부르고 바다라고 부른다

물이라고 부를 때도 바람이라고 부를 때도 불이라고
부를 때도 있다

그리고 또한 그것을 농부라고 부르는 일도 있다

오늘 저녁에는 뒷숲에 열나흘 달이 떴다

황금빛 아름다운 달이었다

닭에게 모이를 주며 문득 그 달을 올려다보았을 때

모레는 네가 우리 집을 떠나고 이 섬을 떠나는구나 하
는 실감이 들었다

달을 올려다보며

실제로 나는 농부의 행복을 깊이 느낄 때도 있었으나

기실은 생각도 못하게 외로웠다 몹시 외로웠다

하지만 그 외로움도 나의 본래 고향이고 인간의 본래
고향이라며

땅에 서 있었던 것이다
그냥 외로운 자로서 땅에 서 있었던 것이다

그런데 다로
너는 모레 정말로 이 집을 떠나 이 섬을 떠나 도쿄로
간다
믿음직스럽게 자라 스무 살을 눈앞에 둔 젊은이가 되
어
백 미터를 십일 초 대에 뛰고
호넨 큰스님이 신란 큰스님의 스승이라는 것을 배워
익힌 자가 되고
$E=MC^2$이라고 하는 아인슈타인의 원리를 배워 익힌
자가 되어
네 자신의 생명을 꽃피우기 위해
이 집을 떠나고 이 섬을 떠나게 돼 있다
아버지인 나는 네가 너의 길을 가슴이 바라는 너의 길
을 걸어가 주기를 바란다
하지만 너도 잘 알고 있듯이
우리 집에서는 좀처럼 식빵을 먹지 않는다
한 조각의 식빵을 먹는 일은 우리 가족에게는 큰 사치
다

식빵 한 조각 위에

닭장의 닭이 낳은 달걀지짐에 케첩과 후추를 쳐서 먹
는 일은

좀처럼 없는 호사다

하지만 네가 도쿄에 가서

반 년 혹은 일 년 혹은 삼 년이나 사 년이 지나면

식탁 위에 놓인 식빵 한 조각을 초라한 음식으로 느끼
거나

하찮은 음식으로 느낄 때가 반드시 온다

그때

네가 내 피를 받은 내 하나뿐인 장남이라면

(잘 기억해 주기 바란다)

그때는

아버지인 나의 사상이 죽음에 직면한 때이고

아버지도 나도 아닌 하나의 진리가 죽음에 직면하고
있는 때이란 걸

어머니와 다로

내게는 올해 일흔이 되시는 어머니가 있다
어머니는 도쿄의 가스가초라는 곳에 셋집을 얻어 살며
셋집 뜰에 이십 센티쯤 되는 서향을 심는다거나
솔잎가래라는 식물을 심는다거나
교행신증敎行信證이라는 네 글자를 붓으로 써 본다거나 하며
나의 바보 여동생이 진 수억 원에 이르는 빚의 고통을
그 늙은 등에 지고 살고 계신다
여동생에게 지지 않는 불효자인 내가 가끔 도쿄에 가면
눈에 가득 눈물을 머금고
어서 오라며 웃어 주신다
내게는 올해로 일흔이 되시는 어머니가 있다
어머니는
나의 원초의 여인관세음보살이다

내게는 올해 스무 살이 되는 아들이 있다

이 봄에 섬을 떠나

도쿄에 가서 신문 배달을 하며 대학 입시 준비를 하고
있다

나와 달리 농부나 철학을 좋아하지 않고

공학과에 가려고 하는 나로는

내가 잠자리에 드는 새벽 세 시에 일어나 일을 하러
간다고 한다

그는 섬을 나가기 전에 동생인 지로에게 겸허하라는
말을 남기고 갔다 한다

나는 그의 아버지로

아버지란 강한 존재라야 하는데

마치 버려진 이처럼 쓸쓸하여

다로 하고 그의 이름을 부르면

바로 가슴이 조여들며 통곡을 하고 싶어진다

다로 너는

나의 청년관세음보살이다

사슴 울음소리

사슴이 울면
쿼―오 쿼―오 하고 사슴이 울면
당신의 가슴은 무슨 까닭에서인지 그때마다 흔들린다
저것은
산의 정령이 외치는 가을의 외로운 피리예요 하고 아
내는 말하지만
당신의 가슴은 외로움 때문이 아니라
무슨 까닭에서인지 그때마다 흔들린다
깊은 밤의 고요 속에서
그 고요함보다 더 깊게
쿼―오 쿼―오 하고 사슴이 운다
그 소리는
산에 사는 당신에게는
경전이나 큰 스승의 가르침처럼 존귀하다

산에서

이윽고 세 살이 된 미치토와 산에 갔다
표고버섯용 통나무를 길까지 메어 내리기 위해서였다
나는 굵은 통나무를 어깨에 메고
미치토는 가는 통나무를 끌고 산길을 내려가기 시작
한다
산길에는
나무뿌리도 있고 풀뿌리도 있고 덩굴풀도 뻗어 있는
가 하면 가시가 돋친 풀도 있다
그냥 걷기만도 힘든 길을 미치토는
가늘다고는 해도 표고버섯용 통나무를 끌고 걷는 것
이어서
그것은 결코 쉬운 일이 아니었다
하지만 그것은 일이기도 했기 때문에 나는 미치토와
나란히 걷고 있을 수가 없어
성큼성큼 앞서 걸어 길까지 내려가 버린다
길가에 통나무를 내려놓고 다시 산길을 걸어 올라가
며 보면
미치토는 울상을 하고

하지만 참나무를 손에서 놓지 않고 산길을 내려오고
있다
야아 미치토 대단한데
그렇게 응원을 하며 나는 그대로 길을 올라간다
산 공기는 어른한테는 맑아 좋지만
미치토에게는 두렵지 않을까 그만큼 쓸쓸하지 않을
까……
그런 생각이 들어 주위를 둘러보니
하늘은 잔뜩 흐렸고 나뭇잎들은 거무끄름한 풀빛이고
멀리서는 사슴이 울고 있었다
나뭇잎들은 술렁술렁 괴이쩍은 소리를 내고 있었다
두 번째 표고용 나무를 어깨에 메고 천천히 내려가자
니
미치토는 고개를 숙인 채
통나무를 끌며 역시 천천히 길을 내려가고 있었다
야아 미치토 대단한데
응원을 하며 얼굴을 보니
미치토는 더 이상 울상을 짓고 있지 않았다
그게 다가 아니라 싱긋 웃으며
응 대단하지 하고 대답한다
나는 그대로 미치토를 앞질러 내려갔다

그리고 거기서 이번에는 미치토가 내려오길 기다렸다

기다리며

산이란 곳은 본래 무서울 만큼 쓸쓸한 곳이라는 걸 잘 알 수 있었다

그리고 그 두려울 만큼 쓸쓸한 공기가

어른인 나를 정화해 주는 것이란 것도 알 수 있었다

마침내 미치토가 내려왔다

통나무를 받으려고 하자

미치토는 그것을 거절했다 거절하고 끝까지 저 혼자 힘으로 일을 마쳤다

야아 미치토 대단한데 하고 세 번째 응원을 하니

응 대단하지 하고 대답한다

그것만으로는 부족하다는 생각이 들어

미치토 도움이 됐어 하고 칭찬을 하니

응 도움이 됐지 하고 대답했다

이번에는 둘이서 함께 산길을 천천히 걸어서 올라갔다

봄 아침 2

휘파람새가 울고
출렁출렁 강이 흐르고 있다
아버지이자
남편인 자가
그 책무를 다하지 않고
휘파람새 소리
물 흐르는 소리를 듣고 있다

반야심경

내가 소리를 내어 반야심경을 읊조리고 있으면
세 살인 미치토가 듣고 있다가
아주 좋네, 라고 한다
그리고 중얼중얼 따라 한다
며칠 뒤
라디오에서 한 여인이 찬불가를 불렀다
그러자 미치토는 싱긋 웃으며
아빠 저 사람도 하고 있네 했다
나는 바로는 무슨 말인지 몰랐지만
그것이 곧 미치토의 반야심경이었다

다로에게 주는 노래

열세 살이 된 다로
마침내 자신의 길을 걷기 시작한 너에게
애비인 나는 노래 하나를 준다
이 노래는 네 인생을 이끄는 비밀의 힘이 될 것이다
애비는 늘 가난한 자였지만
그 가난함에는 황금빛 자부심이 있었다
네가 사는 집은 마을에서 가장 초라하고
때로 지붕에서 비가 새서 네 엄마는 그 일로 울었다
네가 사는 집에는 자동차도 없고 전화도 없고
컬러 텔레비전도 없고 그뿐만 아니라 자주 돈도 없었
다
때로 네 엄마는 그 일로 고생했다
임업으로 사는 이 마을에도
모든 집에 자동차가 있고, 모든 집에 전화가 있고
컬러 텔레비전이 갖추어져 있는 시대였다
다케다 무사의 혈통을 잇는 이들이 사는 마을답게
집들은 드레진 대문에 사람살이에 걸맞은 격식과 품
위를 지닌 채 조용하고 차분했고

봄에는 꽃들에 묻혔고

여름에는 녹음에 잠겼고

가을에는 밤이나 감 따위가 알차게 여물었고

겨울에는 유자 열매 위로 눈이 내렸다

나는 네가 초등학교 일 학년일 때 타관바치로

버려져 있던 집 한 채를 빌려 이 마을에 들어왔다

동쪽 이웃은 진광선원이라는 커다란 사찰이고

서쪽 이웃은 지방 자치법 관련 고서가 보관된 창고였다

나는 허물어져 가는 집을 고쳤다

나는 기쁜 마음으로 지붕을 고치고 다다미를 바꿔 들이고 망가진 창문과 문을 수리했다

하지만 아무리 손을 대도 그 집은 다른 여느 집과 같은 집이 되지는 않았다

왜냐하면

집이란 것은 비와 이슬을 피하고 더위와 추위를 피할수 있으면 된다고 하는 나의 사상과

네 엄마의 한 발 물러난 동의가 거기 있었기 때문이다

마을 사람들은 그런 집에 만족해하는 우리를 보고 웃었다

나는 그 웃음이 눈부셨지만

어린 너에게 그 웃음은 가시였을 것이다

네가 청바지를 싫어하고 검은 학생 바지 차림으로 학교에 가고 싶다고 말하기 시작했을 때

네가 네 엄마의 손이 아니라 마을의 이발소에서 머리를 깎고 싶다고 말하기 시작했을 때

나는 네 마음에 박힌 가시를 보았다

이십 년쯤 전에 나는 세상에서 처음으로 대학에 청바지를 입고 갔던 학생이었다

그리고 지금도 청바지를 좋아한다

나는 또한 네 엄마의 손에 머리를 깎아서 벌써 십오 년이나 이발소에 간 일이 없다

내 손은 그러므로

네 마음에 박힌 가시를 빼 줄 수 없을 만큼 약하지 않다

하지만 그 가시와 싸우는 것은 네 인생에서 처음으로 맞닥뜨린 너의 몫이다 만만치 않겠지만 네가 풀어야 한다

나는 지금 세상과 싸움을 벌이는 길 위에서 너에게 이 노래를 준다

나는 때로 지치고 때로는 아프고 우는 일조차 있다

그런 것에 민감한 너는

이제 겨우 열세 살인데 벌써 사람의 연약함을 받아들이는 어정쩡한 웃음을 알고 있는 것 같다

그것은 너의 다정함

네가 나와 네 엄마의 사랑이 아니라 눈물에서 태어난 데에서 비롯된 성품일 것이다

잘 기억해 둬라

그것은 세상이라는 하나의 깊은 가시와 같이 네 마음에 박힌 또 하나의 가시

인연이라는 필사의 가시인 것이다

그 가시를 뽑아 줄 힘이 이 애비에게는 없다

나는 내 가슴에 박혀 있는 숙명의 가시를 뽑는 게 고작이다

그러므로 나는 늘 생각한다

아버지가 열심히 사는 것이 아버지가 자식들에게 줄 수 있는 유일한 진짜 선물이라고

여름에는 나는 바다에서 헤엄을 쳤다

가을에는 나는 책을 읽었다

겨울에는 나는 불을 응시하며 신앙의 눈물을 흘렸다

봄에는 나는 사랑의 불꽃을 신앙의 불꽃으로 태우는 것을 배웠다

그리고 상당히 오랫동안 일 년 가운데 여러 날을

나는 스스로 납득이 가는 사회를 만들어 내는 일과

스스로 납득이 가는 마음의 자각을 얻기 위해 여행을

해 왔다

앞으로도 그러리라

네가 살고 있는 이 누추한 집이

동쪽에는 절이 있고

서쪽에는 지방 자치 헌법과 관련된 고서가 발견된 창
고가 있다는 것은

우연한 일이면서 그런 뜻도 서려 있었던 것이다

나는 석가님의 제자이며 새로운 사회 공동체를 만들
고자 애쓰는 한 사람의 시인이다

나는 인도의 베단타라는 깊은 사상에 따라

농사를 짓는 농부이다

그리고 나는 너를 포함한 세 자식의 애비다

나는 벌거숭이로 혼자 가는 자다

열세 살이 된 다로

이윽고 자신의 길을 걷기 시작하는 너에게

애비인 나는 노래 하나를 준다

너의 어린 가슴에 박힌 가시는 네 힘으로 빼라고

애비인 나는 기쁘게 마음을 담아 노래하는 것이다

이로리에 불 피우기 5

이로리에 불을 피우고 있으면
중학교 이 학년인 라마가 온다
우우 매워 매워—
하지만 따뜻하네 목욕탕에 들어가 있는 것 같아—라
고 한다
이로리에 불을 피우고 있으면
네 살인 미치토가 그대로 흉내를 내어
우우 매워 매워—
하지만 따뜻하네 목욕탕에 들어가 있는 것 같아—라
고 한다
이로리에 불을 피우고 있으면
초등학교 육 학년인 라가가 와서
와아 따뜻해—라고 제법 성숙해진 목소리로 말한다
이로리에 불을 피우고 있으면
고등학교 이 학년인 지로가 와서
신발을 벗고 불에 발을 쬐며
아아 좋다—라고 한다
이로리에 불을 피우고 있으면

중학교 삼 학년으로 말수가 적은 요가가 와서
말없이 불길에 손을 내민다
이로리에 불을 피우고 있으면
아내가 다가와
한쪽에 정좌하고 앉아 조용히 차를 마시며
아아 맛있다—라고 한다
이로리에 불을 피우고 있으면
이로리에 불을 피우는 것 그 자체가 그대로 축제다

* 이로리는 방바닥 일부를 네모나게 잘라 내고 그곳에 재를 깔아 불을 피우는 장치로, 일본 전통 농가에서는 흔한 화로이다.

5부

나는 누구인가

어린잎

빛으로 고요한 하늘에
단풍나무 어린잎이
천천히 흔들리고 있다

이것이 지구 사십육억 년의 소원

빛으로 고요한 하늘에
단풍나무 어린잎이
산들산들 산들산들

이것이 우주 백오십억 년의 기적

빛으로 고요한 하늘에
단풍나무 어린잎이
하나님이 여기 있다며 흔들리고 있다

이것이 인류 이백오십만 년의 희망

빛으로 고요한 하늘에

단풍나무에 새로 난 어린잎이

산들산들 산들산들

자두나무와 구름

장마철의 어느 맑은 날 오후
반쯤 익은 자두 열매를
아내와 둘이서 삼백 개 사백 개 따 모았다
따 모으면서
잘 익은 열매 대여섯 개는
주르륵 즙을 흘리며 우리가 먹었다

봉지에 나눠 담은 뒤
우리 마을 열한 집에 한 집 한 집 나누며 걸었다
　원숭이가 다 먹어 버리기 전에
　아직 조금 덜 익었지만 땄습니다
　사나흘 두었다 드시기 바랍니다
라고 말하며
길 윗집 골짜기 아래 집들에
산책을 겸하여 나눠 드리고
마지막 산 윗집까지 전하고 돌아오는 길에
하늘에서 솟아오르는 한 줄기 구름을 보았다
인생의 의미와 근거가

그 피어오르는 한 줄기 구름 안에 있었다

봄

밭 가득 유채꽃이 피면
내게는 유채꽃이 님a god이다
목련이 새하얗게 피면
그 나무 아래서 내게는 목련이 님이 된다

어린 쑥이 빼곡히 난 곳에서는
쑥이 님
괭이밥이 빼곡히 난 곳에 들어서면
나는 곧바로 공손한 괭이밥 교도가 된다

복사꽃이 피면 복사꽃이 님
산딸기꽃이 피면
산딸기의 그 흰 꽃이 님이 된다
나는 모든
조용하고 충실한 것들의 신도다

속하다

우리 인간은
물에 속해 있는 생물이다
흙에 속해 있는 생물이다

철쭉꽃에
투구벌레 애벌레에
호반새의 울음소리에
속해 있는 생물이다

그것을 우리는
언제부터 잊어버린 것일까

동심 정토

밝은 햇살이 쏟아지는 아침
차를 마시면서
책을 읽고 있으면

방긋방긋 웃는 얼굴로
안녕하세요 인사를 하며
세 살인 우미가 일어난다

일어나 바로 방긋방긋 웃고
웃으면서
안녕하세요 인사를 하다니
신이 아니고 무엇이랴
신의 마음이 아니고 무엇이랴

요즘은 날마다 맑은 날이 이어지고
그것에 감사하며
아침 차를 마시고 있으면

방긋방긋 웃는 얼굴로

안녕하세요 인사를 하며

동심 정토가 일어나서 다가온다

흙길

흙길을 걸어 보세요
거기에는 묵직하고 깊은 마음의 평화가 있습니다

밭 안의 길이든
논 안의 길이든
숲속의 길이든
바닷가의 길이든

흙길을 걸어 보세요
거기에는 생명을 되살려 주는 마음의 평화가 있습니다

밭 안의 길이든
들의 길이든
섬의 길이든
아시아 아프리카의 길이든

흙길을 천천히 걸어 보세요
거기에는 생명을 되찾아 주는 마음의 큰 평화가 있습니다

우수 1

우수라는 이름은
얼마나 부드럽고 상냥한 계절의 이름인가

비에 젖은 모밀잣밤나무 가지가 은색으로 빛나며
살랑살랑 흔들릴 때면
그 잎끝에서 은빛 물방울이 무수히 떨어진다

만물은
아직 추위 속에서 웅크리고 있지만
하늘에서 비로 주어지는 그 물을 받아

한 줄기 느슨함이
대지를 깊고 검게 적신다

느슨함이 없는 이 세기말
시든 채로 계절조차 직진하는 세계 속에서
우수라는 이름은
내게 님a god에 다름 아니다

이월 십구 일 우수

아직 싹조차 보이지 않는 조팝나무 가지에
작은 빗방울이
천 송이 은빛 싹으로 터서 빛나고 있다
신이란 이름이 붙여지기 전의 님은
틀림없이 그처럼
은빛 빗방울이었을 것이다

바람이 불지 않는 것이 이상한
그것이 우수

은빛 실보다 가는 비가
때때로 내리며

푸른 모밀잣밤나무 가지를 조용히 적시는
하늘 어딘가에는
벌써 봄의 푸른 하늘이 보이는 듯하고
우수라는 그 이름을 신처럼 부르면
그 님 안에서 우리는 되살아나는 것이다

숲속의 집 5

아침에 일어나니 수돗물이 나오지 않는다
한 손에 낫을 들고
수원지인 골짜기를 살피러 간다

틀림없이 또
물을 받는 관에 가랑잎이 끼었으리라
다리를 건너가면서

이미 이십 년 가깝게 이 일을 해 왔다는 생각을 한다
앞으로도
이런 일을 하며 죽어 갈 것이라고 생각한다

숲속의 집

물을 받는 관에는 역시 가랑잎이 끼어 있어
그것을 빼낸다
기분 좋게 찬 5월 소만의 물

내친김에 그 골짜기 물로 찰박찰박 얼굴을 씻는다
5월 소만의 골짜기 물
여래의 물

풀고사리인지 메밀잣밤나무 것인지 알 수 없는 파르
스름한 꽃가루를 셔츠 가득 붙이고
집으로 돌아오니
이슬비가 내리는 날씨였지만

오늘도 간은 빙그레 웃고
스미레와 우미는 나란히 앉아 아침밥을 먹고 있는
숲속의 집

설거지대에서는 물이 소리를 내며 힘차게 쏟아져 나
오고
그럼 나는 천천히 아침 차를 마실 수 있다
아무 일도 없고
아무 일도 있는 숲속의 집

바다에 갔다

바다에 갔다
눈과 마음에 깃든 생각을 다시 한 번 수행자의 자리로
가라앉히기 위해
아무도 없는 나의 바다에 갔다
바다에 갔다
눈과 마음에 깃든 생각을 다시 한 번 수행자의 위치로
가라앉히기 위해
그런 생활을 하기 위해
아무도 없는 당신의 바다에 갔다

가와바타 씨

가와바타 씨는 잇소 임도를 맡아 돌보는 전문일꾼이
다
잇소 임도의 전문일꾼은 가와바타 씨 한 사람뿐이다

가와바타 씨는 날마다 어린 풀 빛깔 경트럭을 몰고 와
서
탈이 난 임도를 손본다
임도 가에 돋은 풀을 베기도 한다
풀은 베어도 베어도 또 자라고 길은 흙길이라 손봐도
손봐도
한 차례 큰비가 내리면 마른 강바닥처럼 흉한 모습으
로 돌아가 버린다
가와바타 씨는 하루 내내 말 한 마디 없이
만나도 한 번 싱긋 웃지도 않고
늘 조금 언짢은 듯한 얼굴로 일만 열심히 한다
어쩌면 그보다는 사람을 만났을 때만 그런 표정이 되
고
혼자일 때는 무심하게 산이나 길과 같은 얼굴을 하고

있을지도 모른다

때로는 아아 하고 혼잣말을 흘릴지도 모른다

가와바타 씨의 일은 평생의 일이다

내일 그만둘 수 있는 일이 아니다

가와바타 씨의 일은

　죽을 때까지 돌을 지고 산을 올라야 하는 시시포스
와 같다

풀은 베어도 베어도 다시 나 자라고

흙과 잔돌로 이루어진 길은 고쳐도 고쳐도 큰비가 오
면 다시 마른 강바닥처럼 흉한 모습으로 돌아가 버리기
때문이다

하지만

가와바타 씨의 얼굴에는 덧없는 일을 하고 있는 이의
고통이 보이지 않는다

언젠가는 죽어야 할 사람의 어디에나 있는 햇살에 그
을린

조금 언짢은 듯 보이는 조용한 주름살이 있을 뿐이다

가와바타 씨는 잇소 임도의 전문일꾼이다

잇소 임도의 전문일꾼은 이 세상에 가와바타 씨 단 한
사람뿐이다

자식들에게

곧 열일곱 살이 되는 다로
네 안에는 눈물의 호수가 하나 있다
그 호수는 은빛으로 빛나고 있다

열세 살인 지로
네 안에도 눈물의 호수가 하나 있다
그 호수는 금빛으로 빛나고 있다

여덟 살이 된 라마
네 안에도 눈물의 호수가 하나 있다
그 호수에 신의 기억이 들어 있다

머지않아 아홉 살이 될 요가
네 안에도 눈물의 호수가 하나 있다
그 호수는 우주처럼 어둡고 푸르다

여섯 살인 라가
네 안에도 눈물의 호수가 하나 있다

그 호수에는 아직 자라는 것이 없다

아이들아
가난과 어려움을 이겨 내고 무럭무럭 자라라
너희들 안의 그 눈물의 호수에 이를 때까지

바다

몹시 외로워서 홀로 바다에 갔다
바다에는 파도가 있었다
바위에 부딪쳐 커다란 물보라를 일으키는 파도를 보
고 있자니
거기에 빨려 들어갈 것 같았다
(이건 안 되지)
그래서 먼 곳으로 눈을 돌리면
거기에는 내가 좋아하는 넓은 바다가 있었다
그 바다를 향해
바다여!
내게 힘을 좀 줘!
하고 가슴속으로 외쳤다
그런 일은 그때가 처음이었다

몹시 외로워 홀로 바다에 갔었다

야자잎 모자를 쓰고 8—루이 씨에게

그저 별다른 장식도 없는

야자잎 모자

아마미오섬의 도산한 한 도매상이 방출한

사람이 손수

야자잎으로 짠 야자잎 모자

그래도 그것을 쓰면

그 순간부터

지고 물러난 것들로부터 오는 불가사의한 힘이 시작

된다

내가 나로 산다는 것은

반드시 지고 떠난 자들과 함께 하는 것—

그리고

그와 동시에

기쁨이 시작된다

살아 있다고 하는 아름다운 일들이 시작된다—

그저 별다른 장식도 없는

야자잎 모자

야자잎 모자를 쓰고

천천히 호미로 감자를 캔다

입추의 바다

햇살이 조용히 비치고 있는
입추의
청자색 바다를 향해

두 손을 모으고
나무아미타불이라고
한 번만이라도
온 마음으로 읊조려 보세요

우리는 그 바다에서
온 것이라고
그 바다로
우리는 돌아갈 것이라고

한 번이라도
온 마음으로 읊조려 보세요

옛날에 높은 산 큰 절에서

천 혹은 만의 승려들이
보고자 천 일 만 일을 빌었지만
그 뜻을 이루지 못하고 만
나무아미타불이
이내 청자색 바다로

모든 경전의 바다 그 자체로
나타나는 것을
당신은 보시게 될 겁니다

흰구름이 솟아오르는
맑게 갠 입추의
청자색 바다를 향해

나무아미타불이라고
두 손을 모아
한 번이라도
온 마음으로 읊조려 보세요

영겁의 단편인 나

인간이란 무엇인가
나는 무엇인가라는
일상 세계에서는 잊혀진 물음을
정면에 서서 생애를 걸고

어디까지고 찾아가는 것이
사찰이라는 곳의 일이자 시인의 일이기도 합니다

절에는 예로부터
아미타불이라는 이름의 여래가 앉아 계십니다만
인간이란 무엇인가
나는 무엇인가

라고 하는 물음과 아미타불 사이에는
어떤 관계가 있는 것이냐 하면

인간이란
또한 나란

(우리를 낳은) 이 영겁 우주의 한 조각이라는 것이
예로부터 전해져 왔던 것입니다

아미타불이란
사람의 모습을 한 영겁 우주의 모습이고

우리가 어떻게 사고나 문명을 펼쳐 가든
우리는 이 영겁 우주의
한 조각에서
벗어나는 것이 불가능합니다

그러므로 있는 그대로
그 영겁 우주의 한 조각으로 있고

있는 그대로
나무불가사의광불이라고
영겁 우주를 찬양하는 것이
그 한 조각인 나의

기쁨이 되고
지혜의 완성이 됩니다

인간이란 무엇인가
나는 무엇인가라는
세상에서는 어려운 물음을
정면에 서서 생애를 걸고

어디까지고 찾는 것이
사찰이라는 곳의 일이고 시라고 하는 것의 일입니다

한자

이윽고 초등학교 삼 학년이 된
미치토가
나 한자도 쓸 수 있어 하고 자랑스럽게 말했다

그러니 그럼 좀 써 볼래
그러자 미치토는
숙제 종이에 적힌 이름을 지우개로 지우고는
제 이름을 한자로 정확히 썼다
잘 쓰네 기뻤지만
거꾸로 죄의식도 들었다
한자를 쓴다는 것은
아이만이 가진 천진한 세계를 잃고
한 발 문명이라는 장치로 걸어 들어간 것이기 때문이
다

나는 미치토가 문명에도 한자에도
익숙해지지 않으면 좋겠다
익숙해지지 않은 채 정령인 채로 이제까지처럼

머위꽃과 땔감 모으기 노래를

부르며 살게 하고 싶다 부르며 살면 좋겠다

진구 청년 이야기 2

진구 청년이 배에서 일을 하다가
바다에 식칼을 떨어뜨렸다
그러자 선장이
너는 바다의 신에게 칼을 떨군 거다
바다에 사죄해라
라고 했다 한다
그때는 따르지 않았지만
잠시 뒤에 역시 진구 청년은 사죄했다고 한다
마음속으로요
라고 진구 청년은 말했다

나는 누구인가

황금빛 가을 햇살이 온 데 가득 넘치고
길가에는 짙은 분홍빛 이질풀꽃이 피어 있다
여기에는 나 말고 아무도 없고
나 또한 없다
여기에는
깊은 황금빛 가을 햇살이 쏟아져 내리고
이질풀의 작고 짙은 분홍빛 꽃이 피어 있을 뿐이다

시시포스

시시포스라는 사람은

신으로부터 영원히 죽을 수 없는 형벌을 받고

힘에 겨운 커다란 바위를 산꼭대기까지 지고 올라가면

그 바위는 소리를 내며 바닥까지 굴러떨어진다

다시 그 바위를 산꼭대기까지 짊어지고 올라가면 바

위는 다시 소리를 내며 바닥으로 굴러떨어진다

영원히 죽지 못하고 영원히 이 일을 계속해야 하는 것이

시시포스에 주어진 형벌이었다고 들었다

이 형벌을

형벌이 아니게 하는 길이 몇 가지는 있다

그 하나는 시시포스가 힘에 부치는 커다란 바위를 산

꼭대기까지 다 짊어지고 올라갔을 그때의 기쁨이고

또 하나는 커다란 돌이 다시 바닥으로 굴러떨어지는

것을 바라볼 때의 휴식이고

다시

또 한 차례 그 바위를 짊어지고 오르기 위해

천천히 산을 내려갈 때

주변 풍경이 주는 짧지만 깊은 위로다

형벌이란 하나의 단면이다

형벌이란 한 단면의 풍경이다

형벌은 영원히 계속되고 기쁨과 위로 또한 영원히 이어진다

내가 좋아하는 나쓰메 소세키라는 소설가는 이 형벌과 위로의 산기슭에 서서

민들레처럼 작은 사람으로 태어났으면

하고 기도했다

나는 숲으로 물러난다

야마오 산세이 **시** 김수연 **곡**

이 노래는 '야자잎 모자를 쓰고 22'에
곡을 붙인 것입니다. 오른쪽 링크에서
들을 수 있습니다.

ssambook.net

모두의 집, 자연에 깃든 삶을 노래하다

얼마 전에 어머니와 함께 조청을 고았다. 고두밥에 엿기름을 부어 밥통에서 오랫동안 삭힌 뒤, 건더기만 걸러 내어 커다란 냄비에 끓였다. 가정용 가스레인지로 끓이려니 한참이 걸렸다. 한나절을 꼬박 새우고 나니 쿰쿰하면서 달콤한 조청이 만들어졌다. 마트에 가면 쉽게 구할 수 있는 조청이지만, 직접 만든거라 그런지 조청의 향과 맛이 훨씬 진하게 느껴졌다.

시집을 읽으면서, 이 시집도 손수 곤 조청 같다는 생각을 했다. 시인과 함께 섬 길을 거닐면서 물 한 방울, 흙 한 줌 속에 깃든 진한 자연의 세계를 보고 있는 기분이었다. '산딸기'를 읽으면서도 같은 생각을 했다. 달콤한 맛은 살 수 있지만, 그 속에 담긴 진한 향과 맛은 가시투성이 줄기를 헤쳐야만이 느낄 수 있는 것이 아닐까.

자연은 언제나 나에게 떠나온 고향 같은 느낌을 주었다. 그래서 '야자잎 모자를 쓰고 22'에 나오는 "나는 반대로 물러난다"라는 표현이 마음에 들었다. 친구들이 고등학교 진학을 위해 대도시로 떠나던 때에, 나는 합천군 황매산 아래로 이사를 왔다. 그해부터 농사를 짓기 시작해 이제 8년째 농사짓고 있는 나는, 여전히 배울 게 많은 새내기 농부이다. 나는 "나에게로 나에게로" 잘 물러나고 있는 걸까?

그래도 가끔 영화 보고, 로션도 산다고 도시에 나갔다가 조용한 마을버스 정류장에 내리면, 이제 집에 왔구나 하는 생각을 하곤 한다. 자연은 모두의 집처럼, 항상 포근하게 나를 기다려 준다. 그래서 이 시집이 참 좋았다. 조용한 마을버스 정류장 같은, 가래떡 푹 찍어 먹는 고소한 조청 같은.

김수연은 경상남도 합천에 살고 있다. 열다섯 살에 식구들과 함께 시골로 이사를 왔다. 지금은 스물세 살, 시골 청년인 그는 농사를 짓고 노래를 만들어 부른다. 같이 농사를 짓는 누이와 함께 공연을 다니기도 한다.

상추쌈 시집 03

나는 숲으로 물러난다
야마오 산세이 시선집

글 야마오 산세이
가려 뽑고 옮김 최성현
표지 그림 김병하

초판 1쇄 펴냄 2022년 10월 10일

편집 서혜영, 전광진
도움 김송이金松伊, 야마오 산세이 기념회山尾三省記念会
인쇄·제책 상지사 P&B
도서 주문·영업 대행 책의 미래 전화 02-332-0815 l 팩스 02-6003-1958

펴낸 곳 상추쌈 출판사 l **펴낸이** 전광진
출판 등록 2009년 10월 8일 제544-2009-2호
주소 경남 하동군 악양면 부계1길 8 우편 번호 52305
전화 055-882-2008 l **전자 우편** ssam@ssambook.net
누리집 ssambook.net

ISBN 979-11-90026-07-9 03830

옮긴이 **최성현**

여러 권의 번역서로 한국에 야마오 산세이의 세계를 소개해
왔다. 강원도 홍천의 산골 마을에서 자연 농법으로 논밭 농사
를 지으며, 하루에 한 장씩 손글씨로 엽서를 쓰고 있다. (cafe.
daum.net/earthschool)

쓴 책으로는 《그래서 산에 산다》, 《힘들 때 펴 보라던 편지》,
《좁쌀 한 알》, 《오래 봐야 보이는 것들》, 《시코쿠를 걷다》, 《바
보 이반의 산 이야기》 등이 있다. 옮긴 책으로 《나무에게 배운
다》, 《어제를 향해 걷다》, 《여기에 사는 즐거움》, 《더 바랄 게 없
는 삶》, 《자연 농법》, 《짚 한 오라기의 혁명》, 《자연농 교실》, 《신
비한 밭에 서서》, 《돈이 필요 없는 나라》, 《경제성장이 안 되면
우리는 풍요롭지 못할 것인가(공역)》, 《반야심경》과 같은 책이
있다.